thiago tizzot

A sombra da torre

exemplar nº 043

Curitiba
2022

capa **Frede Tizzot**
ilustração da capa **Ibraim Roberson**
mapa **Fernando Salvaterra**
revisão **Vanessa C. Rodrigues**
co-edição **S. Lobo**

© Editora Arte e Letra, 2022
© Thiago Tizzot, 2022

T 625
Tizzot, Thiago
A sombra da torre / Thiago Tizzot. – Curitiba : Arte & Letra,
2022.

240 p.

ISBN 978-65-87603-29-2

1. Ficção brasileira   I. Título

DD   869.93

Índice para catálogo sistemático:
1. Ficção: Literatura brasileira   869.93
Catalogação na Fonte
Bibliotecária responsável: Ana Lúcia Merege - CRB-7 4667

Arte e Letra

Curitiba - PR - Brasil
Fone: (41) 3223-5302
www.arteeletra.com.br - contato@arteeletra.com.br

Para Bibi

1

A escuridão é o fim e o começo. Na escuridão encontramos a paz, mas também o perigo.

Os urros da criatura ecoavam pela imensidão do pântano e tudo que conseguiam ver eram clarões. Explosões de uma luz esverdeada que duravam um instante. Alguém menos experiente talvez imaginasse que bastava seguir a luz para chegar em seu destino, mas o pântano de Oroboro era um emaranhado de trilhas que passavam por pequenas ilhas e uma quantidade incalculável de armadilhas naturais.

Estus seguia o caminho que Alassi[1] mostrava para ele. A andarilha levava uma tocha na mão, era hábil e sabia sem dificuldade como evitar os perigos de Oroboro.

O intervalo entre os clarões era irregular e ficava cada vez maiores. Estus sabia o que aquilo significava, precisavam apressar o passo.

Em uma pequena ilha, cercado pela água turva de Oroboro, um mago lutava por sua sobrevivência. Porém a criatura hesitava diante dos clarões de luz que saíam das mãos do mago. Enorme, coberta por longos pelos vermelhos e uma grande boca no centro do corpo, ela rondava a ilha, esperando o momento certo de atacar.

— Ele não está conseguindo completar a magia, não demora nem mesmo os clarões será capaz de fazer — mesmo com pressa, Estus não ousava se adiantar à andarilha.

---

[1] Para saber mais sobre Alassi leia o conto A Maldição de Krauns no livro *A Ira dos Dragões*.

— O isnashi quer apenas se alimentar, não vou matá-lo — Alassi diminui o passo, estavam bem perto da ilha.

— Não será necessário — Estus agora se adiantou. Mexeu os dedos e com uma palavra uma flecha de fogo riscou a escuridão e acertou o isnashi no focinho.

A criatura gritou de dor e se afastou correndo.

— Preciso lembrar... palavra.... — o corpo frágil se debatia — lembrar, lembrar...

— Acalme-se, amigo, está tudo bem — Estus se ajoelhou ao lado da vulnerável figura.

— O que aconteceu com ele? — Alassi procurava na escuridão por alguma ameaça, mas tudo estava calmo. — Está completamente indefeso, que maldição poderia fazer tal coisa?

— A magia cobra seu preço — Estus queimou uma pequena planta no fogo da tocha e colocou perto do rosto do homem. À medida que a fumaça se espalhava, ele foi se acalmando. — Consegue ver o pequeno ponto escuro nos olhos?

Era impossível não ver, os olhos do homem estavam leitosos, quase brancos por inteiro exceto pelo ponto escuro. A andarilha indicou que sim.

— Sempre que uma magia é usada ela cobra um preço de sua mente — Estus ajudou o homem a se sentar. — Boa parte deste preço são nossas memórias e é difícil saber o momento de parar, de não usar a magia. Não são poucos aqueles que, seduzidos por seu poder, perdem a mente para a magia. Vagantes da escuridão, como nós magos os chamamos — Estus suspirou. — Primeiro os olhos perdem a cor, ficam brancos e depois vem a escuridão.

— O que aconteceu? — o homem tinha os cabelos e a barba branca sujos pelas águas do pântano.

— Não se preocupe, Yuba, está tudo bem, logo vamos embora.

Yuba se levantou com a ajuda de Alassi enquanto Estus buscava por um casaco em sua mochila.

— Você fez um belo trabalho, Alassi.

— Ele só termina quando os viajantes chegam em seu destino final em segurança.

— Sim, é verdade, sua mãe sempre dizia isso.

— O que vai acontecer com ele? — a andarilha não conseguiu esconder a piedade na voz.

— Ele vai repousar em um dos cadoz de Olwein.

Alassi conhecia essas construções, locais retirados e tranquilos que acolhiam pessoas doentes. Eram cuidados por seguidores de Olwein, a deusa da magia. O que a andarilha não sabia era sobre os vagantes da escuridão.

— Como nunca vi ninguém assim antes?

— Bom, existe uma boa dose de orgulho, nós magos não queremos que as outras pessoas nos vejam assim — Estus sacudiu a cabeça — e também não queremos que todos saibam que somos uns desgraçados sedentos por poder.

— Então é isso, estamos aqui para esconder os defeitos dos magos.

— Vamos, — disse depois de hesitar — temos que seguir viagem, o estado de Yuba me preocupa.

— Tudo bem, não precisa explicar, estou aqui só para receber a minha parte.

Amparando Yuba eles se afastaram da pequena ilha rumo à escuridão.

***

Grandes plantações cercavam as construções que desafiavam a chuva e o vento que insistiam em aparecer naquela parte do Reino Gnomo. Uma pequena carroça carregando caixotes cruzava o portão de uma fazenda. Seguiu pelo pomar de maçãs e parou ao lado da casa. Finalmente os dois cavalos puderam beber um pouco de água, extenuados depois da longa viagem que fizeram. Foram até a grande cidade de Lasf para encontrar o material necessário para reparar parte do telhado do silo destruída pelo último vendaval.

Contudo, não eram apenas caixotes o que Vert, o gnomo que conduzia a carroça, trouxe de sua estada em Lasf. Quando já tinha carregado toda a carga e estava prestes a deixar a cidade, foi abordado por um senhor que pediu carona. Para surpresa do gnomo, o velho cheirando a fumo de cachimbo rumava para sua vila. Vert não conseguia imaginar uma única razão para alguém querer uma carona para lá.

O velho desceu da carroça e mirava o horizonte para além da fazenda de maçãs de Vert. Uma enorme torre surgia desafiando a linha monótona das plantações de trigo que circundavam a região. Ele não precisava se aproximar para saber que na verdade a torre era composta por três construções, cilíndricas e lisas como uma pedra de âmbar. A Torre Amarela, morada de um dos quatro grandes Magos. Regentes da magia em Breasal. Estus não precisava ver a torre, sua memória a conhecia muito bem, já estivera ali muitas vezes.

— Mas o que é aquilo? — perguntou Vert se juntando a Estus.

O gnomo admirava não a torre, ela sempre esteve no horizonte, mas uma grande construção de madeira do outro lado da vila que não estava lá quando ele deixou a vila dias atrás.

— Aquilo, meu amigo, é a razão da minha visita à sua agradável cidade — Estus estendeu a mão para o gnomo que ainda intrigado a apertou de bom grado. — Obrigado pela carona e, se um dia eu puder ajudá-lo, não hesite em me procurar.

Vert apenas assentiu com a cabeça, preferia não se envolver com assuntos que não lhe diziam respeito. Desde que deixassem suas maçãs em paz, não queria confusão. Logo suas atenções se voltaram para os caixotes e como faria para levar as pesadas tábuas até o alto do silo.

Uma rua pavimentada com pedras cobertas de musgo pela umidade cortava a pequena vila. Estus seguia com passos regulares e lentos. Depois de tantos dias sentado na carroça era bom esticar as pernas um pouco. As costas também incomodavam, o cajado em sua mão direita aliviava um pouco a dor. Mas o velho já tinha aprendido a conviver com ela. Não era um relacionamento fácil, mas sobreviveriam. O cheiro de maçã recém-saída do fogo o envolveu e ele percebeu que na janela de uma das casas descansava uma bandeja com bissos. Bisso é uma das poucas iguarias que se encontra em toda Breasal. Feita de farinha de trigo, o que muda é o que usam para cobrir o doce. Ao que parece ali usavam maçãs. Decidiu tentar negociar com a dona dos bissos a compra de alguns.

— Boa tarde, senhora — Estus fez uma pequena reverência — existiria a possibilidade de eu comprar alguns destes deliciosos bissos?

A gnoma olhou com indiferença para o velho, a roupa suja, gasta e o cajado com o formato de uma águia na ponta. Ela não gostaria de se relacionar com alguém como ele, muito menos de que a vizinhança a visse se envolvendo com tal pessoa. Mas talvez fosse uma oportunidade de lucrar um pouco.

— Qual seria sua oferta? — ela se permitiu falar.

Estus procurou por alguma coisa em seu bolso.

— Acha que isso pagaria por alguns? — ele mostrou um pequeno pingente de cristal no formato de um girassol.

Pela primeira vez as linhas severas sobre os olhos da gnoma se atenuaram. Ela não sorriu, mas era o suficiente.

— Sim, pode levar — ela se adiantou e o pingente sumiu em seus dedos fechados.

— Muito agradecido, minha boa senhora — Estus fez mais uma reverência e com cuidado pegou cinco bissos da bandeja.

Afastou-se da janela e decidiu se sentar em um banco de madeira para comer. Não eram os melhores que já tinha provado, porém precisava admitir que a maçã era uma boa surpresa. Tirou seu cachimbo da mochila e uma pequena bolsa de couro do bolso. Pegou o fumo e socou no fornilho, buscou por uma lasca de madeira. Girou-a rapidamente entre os dedos e uma chama surgiu. Acendeu o cachimbo e deu uma longa aspirada antes de soltar uma densa fumaça no ar. Mais uma vez abriu o pergaminho com a convocação de Dotrec. Estava preocupado, aquilo não poderia ser coisa boa.

O norethang era o membro mais antigo do Conselho e, ao longo dos anos, ganhou a confiança dos Quatro, como os Magos das Torres são conhecidos, e não eram poucas as vezes em que Dotrec agia em nome deles. Estus terminou o último bisso e admirava a Torre Amarela, o cachimbo aceso aquecia seus dedos. Não podia ser coincidência o fato de o conclave ser tão perto, Estus sabia que mais uma vez Dotrec fazia o trabalho dos Magos. Tentou se lembrar de algum acontecimento que justificasse os Quatro chamarem por um conclave, mas nada surgia. Suspirou e jogou o resto do fumo no chão, não tinha como escapar, era preciso enfrentar a maledicência da sociedade dos magos.

Claro que Estus tinha grandes amigos entre seus pares, mas colecionava também desavenças. E sua opinião sobre os magos era de pessoas competitivas, desconfiadas e amargas. Chegou até outro pomar, as maçãs carregavam os galhos e procurou por uma boa fruta para comer. Os bissos não foram o suficiente e queria tirar o gosto do fumo da boca. Apesar de tudo, algumas das melhores conversas que teve eram com magos. Acreditava que a magia tinha um papel importante no frágil equilíbrio que mantinha o mundo afastado do caos. Por isso ainda atendia a tais convocações e continuava a fazer parte do Conselho. Esticou o braço e pegou uma maçã de vermelho intenso, mordeu e sentiu o gosto doce em sua língua. Sorriu diante de sua boa escolha.

O falatório que tomava conta do salão tornava quase impossível escutar as breves e raras saudações que eram direcionadas a Estus. Com pequenos acenos ele respondia os cumprimentos e ignorava as inúmeras cabeças que viraram em desaprovação a sua entrada. Caminhando com passos lentos e algumas vezes recorrendo a ajuda de seu cajado, Estus tomou seu lugar na assembléia. Não era preciso saber muito de sua história e seus feitos para reconhecer que o ancião carregava um grande prestígio sobre seus ombros, fosse pelas reverências ou pelos olhares tortos.

A construção de madeira era grande para a pequena vila de gnomos, mas comparado aos grandes salões o auditório era pequeno. Apenas cinco fileiras de cadeiras dispostas em semicírculos e no centro uma mesa pesada de madeira escura com sete lugares para o Conselho de Magia.

A relação entre os magos é como um emaranhado de fios, complicada de se entender e difícil de resolver. São inúmeras intrigas, roubos de conhecimento e traições. Porém, a hierarquia é simples, poderia se dizer que o Conselho está um degrau acima dos outros e muitos degraus abaixo dos Magos das Torres, os verdadeiros guardiões da Magia de Breasal. E talvez por instinto, por saberem que o caos os levará à destruição, surpreendentemente a hierarquia é respeitada.

Estus subiu o pequeno conjunto de degraus que levava ao tablado onde estava a mesa para o Conselho. Sempre que possível o Conselho lembrava aos outros magos a sua posição. Com respeito cumprimentou Dotrec, que recebia a todos em pé com os dedos entrelaçados à frente do corpo. Reparou que os olhos do norethang estavam um pouco mais esbranquiçados do que no último encontro.

A primeira cadeira era ocupada por Eluna, uma elfa de cabelos prateados, logo vinha Sirras, um lumpa do sul que conversava com Fenrer, um humano de barba espessa. Até que surgiu o rosto amigo de Watak para depois surgir Trebl. Estus se sentou sem muita vontade ao lado do gnomo e tentou trocar algumas palavras com Watak, porém era impossível com Trebl entre eles, os ouvidos do gnomo estavam sempre atentos.

Watak era um goryc corpulento, de ombros largos e barriga farta e arredondada. A pele escura dos gorycs acentuava seus olhos acizentados. Sua barba longa era adornada com pequenos ossos esculpidos em várias criaturas, uma tradição de seu povo. Tanto Estus quanto o goryc eram antigos membros do Conselho e ao longo dos anos se tornaram amigos, não só pela convivência, mas principalmente porque Watak defendia, assim como Estus, que o conhecimento deve ser livre para todos. Essa posição gerava acirrados debates com os outros magos que temiam por suas magias e livros. Mas o que Estus e Watak defendiam é que as fontes, o conhecimento histórico, a matéria-prima que cria novas ideias devem estar disponíveis ao uso de todos. É um erro esconder livros antigos e enclausurar pergaminhos que podem gerar novas magias e linhas de raciocínio. No entanto, qualquer mago tem o direito de defender e guardar o conhecimento que ele próprio criou.

Pode parecer uma diferença pequena na teoria, mas não é fácil convencer um mago a ceder, seja um livro, um pergaminho ou até mesmo uma palavra.

Eram raros os encontros entre eles, normalmente em conclaves e nunca haviam saído em uma aventura juntos, como Estus faz com os Basiliscos. Mas a amizade que se criou, forjada na adversidade de lutar contra a maioria para defender tal ideia, era tão forte ou até mais profunda que a de Estus com seus companheiros de aventuras.

Todos aguardavam conversando ou fumando seus cachimbos. Estus permanecia em silêncio, concentrado nos rumores que flutuavam pelo salão como a fumaça densa dos cachimbos. Uma falsa cordialidade escondia a apreensão no recinto. Pois aquela era uma reunião diferente, pois não havia sido convocada por Dotrec, mas pelo Mago Amarelo como Estus suspeitava desde o princípio. E ninguém sabia a verdadeira razão.

A porta se abriu e uma onda de silêncio tomou do salão. Os convocados se sentaram, alguns dos mais novos tinham os olhos arregalados e os mais antigos aguardavam nervosos. Dotrec entrelaçou os dedos com força, ansioso, respirou fundo e limpou a garganta antes de falar.

— O conclave reconhece com honra a presença dos Magos Verde, Azul, Amarelo e Cinza.

As quatro figuras vestiam túnicas longas de tecido pesado e cru, o capuz cobrindo a cabeça. Durante as raras viagens ou em locais onde não estivessem apenas entre seus pares, os Magos escondiam seus anéis, porém ali faziam questão de exibi-los na mão esquerda. As joias eram feitas de prata e encrustadas com uma pedra polida e arredondada. Âmbar, pérola cinza, esmeralda e safira, a única representação das cores que os Magos usavam.

Passos ritmados e lentos, juntos como se dividissem uma só mente, seguiam até o tablado. Estus se divertia com o pequeno teatro, sabia que fazia parte do ritual que os Magos usavam para ostentar sua superioridade. Dotrec fez uma afetada reverência para eles e tomou seu lugar à mesa.

Os capuzes deslizaram para trás revelando as quatro pessoas por baixo da indumentária das Torres. O Cinza era um elfo de rosto delicado, apenas alguns cabelos desgrenhados sobre as orelhas e o nariz fino que lhe conferia o aspecto de uma pequena ave. O Azul era uma anã, uma cicatriz cruzava seu pescoço e os lábios pintados de anil sugeriam uma pessoa fria e extremamente perigosa. O humano ao lado da anã alisava a barba que alcançava o peito, o Amarelo, o responsável por convocar o conclave. Todos esperavam por suas palavras. Mas foi outro quem falou.

— Meus caros — Adghar, o norethang que usava o anel com a esmeralda, sorria. Sempre foi o mais simpático e era ele que de alguma maneira tentava diminuir a distância hierárquica que existia — toda a jornada deve ter um destino, um objetivo. Um fim. E depois de longos anos, acredito que a minha terminou — O Verde sorriu para Estus. — Tenho a honra de dizer que a Torre Verde foi minha morada, mas agora ando por seus corredores e me sinto um estranho, um intruso. Dentro de mim não existe mais a força, a paixão, para realizar minha tarefa com a precisão necessária. E, sabendo disso, continuar não seria correto com vocês, não seria correto comigo. Por isso declaro aberta a disputa pelo posto de Mago Verde.

Os quatro colocaram seus capuzes, o Amarelo entregou um pergaminho a Dotrec e eles deixaram o tablado com o mesmo ritmo lento, para que todos olhassem suas figuras e os invejassem, desejassem estar em seus lugares.

As portas se fecharam e ninguém ainda tinha se mexido e como se fosse parte de um estranho ritual de repente o local ex-

14

plodiu em conversas acaloradas. Em um ambiente competitivo e feroz, como era a comunidade dos magos, uma disputa por um posto de tanto poder e prestígio como de Mago da Torre Verde era motivo para uma enorme agitação.

Enquanto alguns procuravam a saída, outros faziam anotações em pergaminhos e até discussões acaloradas surgiam. Dotrec abriu com cuidado o pergaminho deixado pelo Amarelo e passou os olhos pela mensagem. Conteve um sorriso.

— Senhores, o Mago Amarelo convoca o Conselho para uma reunião em sua Torre — disse o norethang mostrando suas gengivas negras.

Desceram os poucos degraus que os separavam dos outros e tentaram atravessar o vai e vem de pessoas que pareciam lutar por suas vidas tamanha era a agitação do salão. Estus sabia que tinha pouco tempo até chegarem a Torre Amarela, precisa tentar compreender o que se passava. Mesmo sendo convidado entrar em uma Torre de Magia era sempre perigoso.

— Estus! — ecoou por entre os magos.

Ele se virou e demorou um pouco para identificar o dono da voz que o chamava. Sentiu uma grande alegria. O elfo que buscava por ele era um antigo amigo.

— Lisael[2], — Estus se afastou um pouco do grupo do Conselho — como é bom vê-lo por aqui.

Os dois amigos se abraçaram.

— Que loucura é esta? — Lisael olhava ao redor.

— Ainda não sei, mas vou descobrir — Estus se aproximou do elfo — acabamos de ser convocados para uma reunião na Torre Amarela.

— Tenha cuidado.

---

[2] Para saber mais sobre Lisael leia o livro *Três Viajantes*.

— Fique tranquilo — Estus percebeu que o grupo do Conselho se afastava. — Preciso ir. Vamos nos encontrar depois, procure por uma taverna — ele foi se afastando com passos largos.

Lisael acenou para seu amigo que logo estava fora de sua vista e voltou a se sentar. Ficaria observando e sairia quando o salão estivesse vazio. O elfo desejou estar em sua casa em Ordobar, longe daquela disputa por poder.

Era impossível ver o teto da sala de tão alto, um grande lustre de ferro descia por uma corrente de ferro jogando uma luz bruxuleante sobre a mesa. Nas paredes intermináveis, estantes com livros e quadros lembrando os Magos Amarelos do passado. Estus fez uma imperceptível reverência quando passou pelo quadro de Qanut. O lumpa era um dos responsáveis por Estus decidir ser mago. Enquanto ocupou o posto da Torre Amarela, Qanut fez enormes descobertas e foi imprescindível para o resgate de livros e manuscritos importantes para compreender a História de Breasal. E o detalhe que mais chama atenção, doou todas as suas pesquisas para a Biblioteca de Krassen. Um fato raro entre os Magos de Torre.

Uma mesa de madeira dividia a sala em duas, era comprida e comportava dezesseis lugares. Os sete membros do Conselho ficaram de um lado, do outro estavam sentados os Magos das Torres. Pequenos jarros de prata e copos de cristal estavam dispostos diante das cadeiras. Estus aproveitou para se servir de vinho, escuro e encorpado, sem dúvida o melhor de Breasal. Uma pequena caixa de marfim trazia um pouco de fumo o qual o mago logo pegou cuidadosamente entre os dedos e socou em seu cachimbo. Retirou do bolso uma lasca de cedro e com um estalar dos dedos o diminuto pedaço de madeira pegou fogo. Não se incomodou de perguntar se alguém se importaria com a fumaça, como sempre fazia, e a tradição dizia que entre magos o cachimbo é permitido. Encostou a chama no fumo e logo a fumaça saiu. O Mago Amarelo e o Verde acompanharam Estus e também preparavam seus cachimbos.

— Agora que todos estão confortáveis, gostaria de explicar o porquê desta convocação inesperada — o Mago Cinza levantou-se. — É conhecido de todos o que acontece quando um Mago deixa sua Torre e imagino que também saibam que isto não passa de uma tradição, não existe uma lei, a decisão é dos Magos.

O elfo se referia à tradição conhecida como Leoie. Ela diz que qualquer ser dotado de raciocínio e que faz uso da magia está apto para assumir uma das Torres, basta impressionar os Quatro com um grande feito. É certo que os Magos têm seus indicados e preferências, mas gostam de alardear que um período de observação é feito antes da escolha. E quando Leoie chega, Breasal vive tempos difíceis, pois não existe perigo maior do que magos querendo chamar a atenção para si. Também é preciso registrar que durante o Leoie a Magia tem um grande desenvolvimento, pois ao lado dos aventureiros e irresponsáveis, existem magos que fazem grandes descobertas. É uma forma, talvez não muito segura, de fazer com que a Magia sempre evolua. Siga em frente e jamais perca sua força.

— A palavra dos Magos basta — completou a anã acariciando a safira em seu anel.

— Precisamente. Por isso fizemos o favor de chamar vocês aqui para avisá-los, digamos uma pequena generosidade de nossa parte, que por indicação do Verde escolhemos Estus para ocupar a Torre Verde.

— Mas é um absurdo! — bradou Trebl para logo depois se arrepender diante da censura silenciosa de Dotrec.

— Você desafia nossa palavra? — perguntou o Cinza, a ameaça contida em cada palavra.

O gnomo ficou em silêncio, olhou para Dotrec buscando por ajuda e se pudesse teria deixado a sala por vergonha ou temor.

— Apenas acredito que a tradição existe por uma boa razão — as palavras eram quase sussurradas por Trebl, que de alguma forma encontrou coragem para continuar — algo que os anos consolidaram e que não deveríamos desafiar.

Antes que o Verde pudesse dizer algo, Estus o tranquilizou com um gentil aceno de seu cachimbo.

— Meu caro Trebl, creio que não precisaremos ter a audácia de desafiar a Leoie — Estus sorriu. — Este é um dos momentos de que mais sinto orgulho de meus estudos e de minha contribuição para a Magia. Também fico honrado com o convite dos maiores magos de Breasal. Contudo preciso declinar o convite.

Todos se surpreenderam com as palavras de Estus, os membros do Conselho pareciam não acreditar no que tinham acabado de ouvir. Mesmo Watak, que conhecia Estus melhor que os demais, olhava para ele buscando uma explicação.

— Como você pode recusar? — perguntou o Amarelo com curiosidade e não ameaça.

— Acho que eu posso entender — o Verde tomou um gole de vinho — apesar de não demonstrar, Estus acabou de tomar a decisão mais difícil de sua vida. Teve a oportunidade de conquistar o maior objetivo que qualquer mago poderia desejar e ainda assim desistiu — ele parou por um instante — não, desistiu não é a palavra correta. Recusou seria mais apropriada para o que presenciamos agora. Sim, recusou porque teve a sabedoria para enxergar além. Percebeu que o título e a reputação são uma prisão. A partir do momento que assumimos o posto de Mago e colocamos o anel, sempre seremos magos. Vivendo sozinhos em nossas Torres, temendo as sombras e buscando algo que nunca alcançaremos. O conhecimento absoluto não existe, nem o poder. Nos deixando sem as pequenas conquistas que tornam a vida prazerosa. Pois nada é suficiente para um Mago, sempre é preciso fazer algo maior. E foi por saber ver o que a maioria não consegue que escolhi Estus para ser meu sucessor.

Por um momento ninguém falou e até mesmo os outros Magos abaixaram a cabeça, pensativos, somente o Verde e Estus tinham o semblante sereno.

— Novamente agradeço imensamente a honra, — a fumaça dançava ao redor de sua mão — mas estou feliz com a vida que tenho e prefiro deixar as coisas como estão.

— Como eu falei — disse Trebl com um sorriso triunfante — uma tradição tão antiga não deve ser ignorada.

— Deixem-nos — ordenou o Azul e seu tom de voz fez com que imediatamente os membros do Conselho se levantassem.

Com movimentos rápidos os sete magos afastaram suas cadeiras e começaram a caminhar em direção à porta. O Azul os seguia de perto.

— Seria interessante se durante este Leoie surgissem alguns olhos de serpente, não? — o Amarelo parecia mais relaxado ao conversar com seus dois colegas.

— De fato estaríamos diante de um grande acontecimento — o Cinza servia-se de vinho.

O Verde sorria e concordava com um aceno de cabeça.

A pesada porta de madeira bateu e os magos nada mais puderam ver ou ouvir. Foi a última vez que alguém, fora os Magos, viu Adghar. Ninguém sabe o destino de um Mago depois que ele deixa seu posto.

Duas mesas dividiam espaço com uma mesa de jantar, uma lareira e uma poltrona surrada. Não era uma taverna, era a sala de um dos moradores da vila que de forma precária se tornara uma opção para os raros viajantes que passavam por ali. Estus encontrou Lisael em uma das mesas, tinha a cabeça apoiada nas mãos e o olhar mirava algo através da janela. O elfo parecia cansado e a garrafa de vinho ainda estava fechada.

— Local peculiar — Estus juntou-se ao amigo.

— Às vezes precisamos nos contentar com o que o destino coloca em nosso caminho — Lisael empurrou a garrafa para o humano.

— Destino... — com facilidade ele puxou a rolha e colocou o vinho nos copos. — Notícias de Aetla?

— Até onde sei continua no Norte — o elfo deu um gole rápido sem se importar — o que os Quatro queriam?

— Adghar convidou-me para ocupar a Torre Verde — Estus olhou o vinho, parecia aguado, e se arrependeu de não ter tomado mais um copo na Torre.

— Como? — Lisael arregalou os olhos.

— Não se preocupe, eu recusei — Estus bebeu o resto do vinho. — Mas alguma coisa não parecia certa.

O elfo pensou em perguntar as razões de Estus para recusar um convite de tanto prestígio e de possibilidades incríveis. Conhecia o velho mago há muitos anos e já tinha presenciado situações que, se não idênticas, eram assustadoramente próximas da que Estus enfrentou na Torre Amarela. E a reação dele a essas encruzilhadas impostas pelo destino era sempre diferente do esperado. Lisael tinha aprendido a não insistir em assuntos que seu amigo não fazia questão de falar e também não adiantava questionar ou argumentar, Estus não mudaria sua opinião ou atitude. A teimosia era algo tão constante no mago quanto seu uso do cachimbo.

— O que você suspeita? — o elfo decidiu seguir em frente sem questionar Estus sobre sua decisão.

— O conclave foi incomum, a presença dos Quatro e essa reunião na Torre Amarela são coisas que não acontecem.

— O anúncio do Verde também é inusitado.

— Nem tanto, conheço Adghar, a atitude de escolher um substituto é coerente. Porém, ele não teria montado esse encontro espalhafatoso. E temos ainda Trebl.

— O que ele fez?

— Questionou a indicação de Adghar e que a Leoie deveria ser respeitada a qualquer custo.

— Não importa o que Trebl faça, você sempre encontrará algo suspeito nas ações dele — Lisael colocou mais vinho para o amigo.

— Posso não ter provas, mas sei que o gnomo era quem executava os planos de Demeliev dentro da Estrela Azul[3].

Ele pegou o copo e deu longos goles para beber todo o vinho. O assunto o aborrecia, Estus se culpava por não ter percebido o que realmente acontecia dentro da Estrela Azul e por não ter conseguido evitar a guerra que aconteceu depois.

— E existe a questão dos olhos de serpente — Estus procurou alguém que pudesse trazer um pouco de comida, mas fora eles a sala estava vazia.

— Olhos de serpente? — pela primeira vez Lisael demonstrou real interesse na conversa.

As pedras, conhecidas como olhos de serpente, são raríssimas e possuem propriedades mágicas de grande poder.

— Estávamos de saída e todos do Conselho puderam ouvir um trecho de uma conversa que se iniciava entre os Magos —

---

[3] Para saber mais sobre Demeliev e a Estrela Azul leia o livro *O Segredo da Guerra*.

o elfo se mexeu na cadeira e franziu a testa com as palavras de Estus. Sim, meu amigo, também achei estranho que diziam que aquele que trouxesse olhos de serpentes teria enormes chances de ser o escolhido para usar o anel de esmeralda.

— Os Magos são traiçoeiros, talvez Adghar seja correto — Lisael tamborilava os dedos na mesa — suas ações sempre são com um propósito.

— Sem dúvidas e a grande pergunta é por que mencionar os olhos de serpente naquele momento e para aqueles ouvintes — Estus ainda procurava por uma atendente para lhes servir.

O elfo fechou os olhos por um instante e de repente seus dedos pararam de se mexer.

— Existem duas opções pelo que imagino. A primeira é que os Magos, ou um deles, precisam dos olhos de serpente. Meu coração gela só de pensar o que um dos Quatro poderia fazer com uma pedra dessa em mãos. A segunda que foi uma mensagem para o Conselho.

— Que tipo de mensagem?

— Um recado avisando que os olhos de serpente são o pagamento das chaves da Torre Verde.

— Mais do que isso — exclamou Estus — era uma ordem. Alguém do Conselho recebeu a ordem para procurar por olhos de serpente — ele socou a mesa. — Trebl!

— Você não pode ter certeza disso.

— Não preciso, eu sei que é ele.

Uma idosa gnoma entrou na sala, trazia um caldeirão de ferro pendurado no braço e o aroma de caldo de carne. Com alegria ofereceu a comida aos seus dois clientes e como boa anfitriã desejou bom apetite e saiu. Deixando os dois velhos amigos sozinhos novamente.

2

Era incomum ele fazer a travessia do Continente para Alénmar sem seus companheiros. Quando necessárias tais viagens, costumava fazer com os Basiliscos, o grupo de aventureiros ao qual pertencia. Dessa vez enfrentando o mar sozinho, e talvez por essa razão, Krule fez uma jornada tranquila. Dizem que os Basiliscos foram amaldiçoados e toda viagem que fazem através do Grande Mar está fadada a tragédia. O barco jogou pouco, o tempo sempre ideal e tudo correu bem. Era a primeira vez que chegava à ilha de Alénmar pela cidade de Ventale, capital do reino Norethang, e o porto era diferente de tudo que ele já tinha visto.

Os barcos atracam em longas estruturas que saíam da costa e avançam no oceano, são oito ao todo, por isso o porto é também chamado de o Grande Polvo. Depois de caminhar pelos tentáculos, você chega a um enorme pátio. Uma confusão de pessoas, caixas e carroças tentando se locomover para chegar às embarcações ou seguir caminho por terra. O imenso mercado do Grande Polvo também é impressionante, uma construção gigantesca de pedras escuras e telhado azul, um azul claro que se confunde com o céu nos dias de muito sol e poucas nuvens. Ao entrar, seus sentidos são atacados de todas as maneiras possíveis. Seus olhos pelas cores das barracas, espalhadas por três andares com um grande vão no centro, e a movimentação intensa das pessoas. Seus ouvidos são inundados por sons de diversas línguas, criando uma cacofonia harmoniosa que reverbera até o fundo do seu cérebro. E então os aromas, no primeiro instante só se sente o cheiro de peixe recém-pescado, mas à medida que suas narinas se acostumam você sente o açucarado das frutas, o ardido das especiarias e o suave aroma das flores que são vendidas em generosos buquês.

Krule caminha por entre as barracas sem pressa, tentando captar tudo em sua memória, mas essa é uma tarefa impossível, pois uma visita ao Grande Polvo é apenas para ser sentida. Decidiu parar em uma das barracas para fazer uma refeição antes do resto de viagem que o aguardava. Parou diante de um sujeito que vendia piqces e camarões fritos. O padre sentiu a boca salivar diante da iguaria, piqce é um pequeno crustáceo raro de se encontrar no Continente e muito saboroso. Kule viu os preços e sacudiu sua bolsa de moedas. O peso era leve demais para ele se permitir uma refeição de piqces.

Cumprimentou o norethang que cuidava para os camarões não queimarem. O sujeito tinha os olhos finos, como dois riscos no rosto, e ao falar era possível ver suas gengivas negras, características típicas de seu povo. O padre pediu logo duas porções. A comida no barco não fora das melhores. Com habilidade, o norethang retirou os camarões da panela, deixou o óleo escorrer e salpicou algum tempero. Os pratos estavam no balcão e o vendedor tinha a mão estendida esperando por seu pagamento.

Enquanto o padre comia, uma ave pousou sobre o balcão e ficou olhando com interesse para os camarões que estavam em um grande cesto. As penas eram avermelhadas e o bico pontiagudo. Antes que o vendedor pudesse fazer alguma coisa, ela atacou e voou segurando um camarão no bico. Ao olhar para cima percebeu que a estrutura do teto estava repleta de aves, de todos os tamanhos e cores.

— São umas danadas — disse o vendedor — todo dia tenho uma dura batalha com elas. Se me descuido, são capazes de levar toda a minha mercadoria — completou com alegria.

Protegeu os pratos com grades de metal e ficou atento a qualquer movimento suspeito dos ladrões alados. Krule achava fascinante esses pequenos detalhes que suas viagens revelavam. Para aquele homem, a grande vitória não vinha de um campo de batalha ou enfrentando poderosos inimigos, mas no balcão. Na luta do cotidiano para seguir em frente com sua vida e isso bastava. Não precisava de mais nada, nenhuma façanha incrível ou aventura espetacular. Apenas as pequenas vitórias do dia a dia. Saber disso era importante para o padre, era por essas pessoas que ele arriscava sua vida e para que essas pessoas pudessem ter suas pequenas vitórias que ele viajava o mundo lutando para propagar a palavra de Artanos, o deus do Combate.

Pediu mais um caneco de cerveja para ajudar a terminar a segunda porção. Procurou em seu casaco pelo pergaminho de Barak e abriu sobre o balcão. A caligrafia era alongada, com enfeites e voltas. Contudo o texto era seco, conciso e imperativo. Barak era o avatar de Artanos, o representante do deus do combate e com o passar dos anos era um dos poucos amigos que Krule ainda tinha em sua ordem. Seu envolvimento com os Basiliscos era motivo de inveja e alguns defendiam que era razão até para expulsão. Porém, Barak sempre defendia seu pupilo e argumentava que Krule trazia fama e fiéis para Artanos. Por enquanto era o necessário para acalmar os protestos.

A mensagem era simples, Krule deveria seguir até um vilarejo no Reino Norethang que diziam estar amaldiçoado. O avatar acreditava que salvando aquelas pessoas Artanos realizaria um grande feito e mostraria ao povo norethang toda a sua força.

O padre não se importava com a fama, o que contava era ajudar quem precisava. E tinha certeza de que Artanos era a melhor maneira de fazê-lo. Dobrou o pergaminho e guardou no bolso. Era o momento de propagar a palavra do deus do Combate.

Krule agradeceu ao vendedor pela boa refeição e deixou uma pequena gorjeta.

O mercado e o porto ficaram para trás, mas ele esperava um dia retornar para explorar tudo que aquele lugar excepcional poderia oferecer. Ventale surgia à esquerda, uma grande muralha de pedras arredondadas e sujas circundava a maior cidade do reino Norethang. Era possível ver altas torres com telhados escuros e pontiagudos que davam um aspecto soturno para o lugar. A direita avistou uma casa simples de madeiras tortas, tinta desgastada e um pasto com cavalos.

Bateu duas vezes na porta. Um norethang atendeu, os ralos cabelos brancos desarrumados e os olhos quase não abriam por causa da claridade.

— Desculpe por incomodá-lo, senhor — o ancião acenou com as mãos que não tinha problema — mas acabei de chegar do Continente e fui instruído que aqui estaria uma montaria à minha espera.

— Ah, claro — o norethang assentiu — você deve ser Krule. Barak me avisou de sua chegada. Sua montaria está aqui sim, mas entre — ele abriu a porta — vamos tomar alguma coisa antes de você pegar a estrada. Oulan é meu nome.

— Será um prazer.

A lugar não tinha muita coisa uma mesa com quatro cadeiras e uma estante com alguns livros. Pela janela se via o pasto com os cavalos e ao fundo o mar. Uma bela vista. Oulan trazia duas xícaras de café.

— É a primeira vez que vem a Alénmar? — Krule assinalou que não — De qualquer forma, seja bem-vindo. É um ótimo lugar, tenho certeza que vai aproveitar sua estada — ele sorriu e apareceram as gengivas negras e um punhado de dentes — espero que não estranhe nosso café.

O gosto era forte, encorpado, diferente do que ele estava acostumado a tomar no Continente. Era saboroso.

— Obrigado — ele agradeceu erguendo sua xícara na direção de Oulan — só posso dizer que a ilha sempre guarda surpresas. E elas são impressionantes.

O ancião sorriu orgulhoso.

— Certamente, certamente — tomou um longo gole de café — qual o motivo de sua jornada, se o amigo me permite perguntar.

— Vou até a aldeia de Nopta.

O sorriso se desfez no rosto do ancião.

— É uma má idéia — Oulan se recostou na cadeira — coisas estranhas estão acontecendo por aquelas bandas. Almas amaldiçoadas. Artanos abandonou aquele lugar.

Krule sentiu um impulso de retrucar Oulan e adverti-lo de que o Deus do Combate não tem medo e jamais abandona alguém, mas decidiu não contrariar seu anfitrião.

— Talvez o problema seja que Artanos nunca tenha visitado Nopta, — bebeu um gole — mas conte-me mais, ancião — Krule apoiou a xícara sobre a mesa.

— Tudo começou há dois anos, ninguém sabe o que acontece, de repente, sem aviso, é como se a vida abandonasse lentamente o corpo. A morte espreita todas as casas — Oulan passou as costas da mão na boca — muita gente está morrendo por lá. Temo que logo a aldeia não passe de esqueletos e casas vazias. Não há nada que os pobres coitados possam fazer.

— Por que eles não fogem?

— Alguns, mas você abandonaria sua casa? Deixaria toda a vida que construiu para trás? Trocaria isso para trabalhar no mercado, ganhando pouco e sem nenhuma esperança de um futuro melhor — Krule acenou negativamente. — Eles também pensam assim, preferem ficar e ter esperança de que um dia a maldição acabe.

— Creio que Barak não poderia ter me enviado para lugar melhor — lembrou-se de seu superior enquanto se despediam nas escadarias da igreja de Duca. "Deixe-me orgulhoso. Eles precisam de você. Precisam de Artanos."

Oulan deu um tapa em seu joelho e riu.

— Vocês, padres, realmente são pessoas singulares.

— É nossa vocação.

Oulan levou o padre para conhecer sua montaria, um belo cavalo de pelagem castanha, pernas fortes e olhos negros. O ancião já tinha preparado as provisões para a viagem e desejou uma jornada segura ao padre. Krule agradeceu imensamente a hospitalidade e o delicioso café e garantiu que na volta o visitaria. Oulan disse que rezaria para Artanos para que o padre retornasse com saúde. Um abraço forte encerrou as despedidas.

A estrada seguia para o sul, perto de Ventale era de terra batida e bem cuidada, porém, à medida que o padre de afastava, ela não passava de um risco em uma grama seca e alta. O cavalo era sem dúvida muito bom e parecia acostumado com o terreno, movia-se com agilidade e escapava dos buracos e armadilhas do caminho. Um sentimento de alegria invadiu seu coração, uma missão nobre e a estrada. Se não fosse a falta de seus amigos, seria uma jornada completa e o padre estaria fazendo o que mais gosta, aquilo que faz a vida valer a pena.

As histórias do ancião também deixaram o coração de Krule apreensivo, um grande desafio se colocava adiante e falhar era impensável. Ao mesmo tempo era um estímulo poder fazer alguma coisa para acabar com a aflição que caía sobre aquelas pessoas. Sentimentos que renovavam a confiança da sua escolha feita há tantos dias quando entrou no mosteiro de Artanos e conheceu Barak. Que a fé em Artanos era sua vocação.

O fogo ardia e iluminava o rosto empoeirado do padre, a expressão refletia o cansaço de três dias de viagem. Contudo estava feliz, realizava o que praticou por toda a sua vida, ajudar os necessitados. Girou o espeto improvisado, a carne de coelho quase no ponto. Esticou as pernas e sentiu os músculos doendo, implorando por descanso, mas sabia que só poderia dormir tranquilo depois que a aldeia estivesse salva. Não existia outra opção. No horizonte já podia ver as luzes da aldeia piscando, como solitários vagalumes ante a escuridão do mar. Pensou em seus amigos, os Basiliscos, se estivessem ali conversariam e dariam risadas, mas hoje o padre tinha a companhia apenas dos seus pensamentos. Passou o dedo sobre o anel que levava o símbolo de Artanos, dois machados cruzados, sua companheira naquela jornada seria sua fé. No momento era tudo o que precisava.

Fechou os olhos e em silêncio fez uma prece para Artanos, seu protetor, seu guia e logo dormiu um sono profundo.

O meio da manhã trouxe as casas de madeira rajada de Nopta, o Sol ardia forte, entretanto a brisa que vinha do mar tornava o clima agradável. Krule avistou algumas plantações abandonadas, barcos fora do mar e ruas vazias. A pequena praça também estava descuidada, mato crescia nos canteiros, a estátua estava com os olhos faltando e um poço de água parecia prestes a ruir. Se não fosse por um menino solitário brincando com uma espada de madeira, diria que a aldeia estava deserta. Morta.

O menino se assustou com a chegada de um cavaleiro. Seu primeiro instinto foi de apontar a espada de brinquedo para o desconhecido. Krule sorriu do alto de seu cavalo.

— Muito bem — disse o padre — vejo que é corajoso. Mas antes de desafiarmos um adversário é preciso saber se a luta será justa — ele desembainhou sua espada, Haifists como ele a chamava, e o metal reluziu no sol.

— Que absurdo ameaçar uma criança — a mulher era curvada pelo tempo e carregava uma jovem pela mão.

— Eu não estava... — Krule tentou se justificar.

— Vamos, filha! — a senhora saiu com passos duros.

— Eu não estava... — o padre ficou sem entender o que aconteceu.

— A velha Zelif é assim mesmo — o menino coçou a cabeça e lembrou da espada. —Uau — exclamou o menino com os olhos arregalados. — Posso segurá-la?

— Quem sabe um dia — a espada deslizou de volta para a bainha — estou procurando por estadia, sabe onde posso encontrar?

— Se eu fosse o senhor, não pararia em nossa aldeia.

— O conselho de um sábio, mas tenho negócios a tratar por aqui. Então como você pode ver não tenho outra opção — o menino fez uma careta para as palavras do padre — e a pousada?

O menino, sem tirar os olhos de Haifists, apontou para uma casa de dois andares no fim da rua. Krule sorriu tentando ganhar a simpatia do pequeno guerreiro, mas não teve jeito. O padre não viu, mas assim que virou as costas, o menino estocou o ar em desafio ao viajante.

Quando se aproximou, Krule viu uma placa de madeira que balançava no ritmo da brisa. Ostra e Vento, comida, bebida e estadia. Eram os dizeres da placa acompanhados do desenho de uma ostra aberta com uma pérola. O padre apeou e prendeu as rédeas de seu cavalo, tentou entrar, mas a porta estava trancada. Bateu duas vezes e demorou a escutar qualquer sinal de movimento dentro da pousada. De repente a porta se abriu e o rosto de uma jovem norethang surgiu, tinha os cabelos curtos e escuros, olhos da cor do mar.

— Pois não, senhor?

— Necessito de comida, bebida e estadia — disse com alegria o padre.

A mão trêmula quase fechou a porta, mas a jovem a manteve aberta.

— Pode entrar — finalmente disse sem muita certeza.

O Ostra e Vento era o que uma pousada deveria ser. Um grande balcão de madeira ao fundo, mesas, uma porta para a cozinha e uma escada que levava ao segundo andar onde deveriam ficar os quartos. A imensa diferença para as outras pousadas é que o local estava vazio, as cadeiras viradas sobre as mesas e tudo estava muito empoeirado.

— Desculpe, faz muito tempo que não recebemos clientes — disse sem jeito a jovem. — Senhor, se importa de esperar um momento?

Ela pegou uma cadeira e colocou no chão.

— De modo algum — o humano sentou-se.

A jovem subiu correndo as escadas. Krule caminhou até a janela e examinou cada casa, cada construção, o solo e a vegetação. Por um instante imaginou que poderia descobrir a causa da doença simplesmente observando o lugar como se pudesse ver o que ninguém mais conseguia. Riu de sua ingenuidade. Escutou uma breve discussão do andar de cima. Pelo que pôde entender, a jovem não queria atendê-lo, mas alguém, talvez seu pai, argumentava que eles tinham uma pousada e era seu dever atender os viajantes que batiam em sua porta.

A jovem desceu batendo os pés e franzindo a testa.

— O que posso fazer pelo senhor? Posso lhe oferecer uma refeição? — disse com impaciência.

— Uma refeição seria ótimo. O que a senhorita recomenda?

— Bom — ela olhou para o chão desconcertada, — só temos uma opção. Piqces grelhado.

— Por Artanos. É fantástico! — disse o padre ao saber que sua única opção era um dos pratos mais saborosos de toda Breasal — Eu adoraria, mas temo que o preço seja muito alto para mim.

— Com acompanhamento de batatas, o preço é de vinte cinco peças de cobre.

— Cobre? — Krule não conseguia conter sua felicidade. — Como é possível?

— Todos aqui na aldeia pescam piqces, não é nada demais, comida do dia a dia.

— Você sabe o valor dessa iguaria no Continente? — a jovem indicou que não sabia — Muitas peças de ouro. Certa vez, em Hesbo, paguei três peças de ouro por meio filé de piqces.

— Se soubéssemos disso antes, agora não faz diferença — seus olhos se encheram de lágrimas.

— Antes da maldição?

A jovem fez que sim com a cabeça, tentava a todo custo não chorar. Krule levantou-se e segurou a mão da jovem que deixou as lágrimas caírem.

— Seu pai está doente? — arriscou.

— Sim — ela murmurou. — Não consegue mais se levantar da cama. Há dias está assim.

— Será que eu poderia vê-lo?

— Você é curandeiro?

— De certa forma.

A jovem olhou para o padre. Alguma coisa dizia para confiar no estranho, talvez o olhar decidido, contudo não queria deixar que a esperança surgisse. Era perigoso demais naqueles dias. Todos tinham morrido, ninguém conseguiu derrotar a doença. Mas talvez, talvez o estranho estivesse ali para ajudar.

— Está bem — finalmente decidiu — venha comigo.

O quarto estava escuro, cortinas fechadas e o ar parecia mais pesado. Krule permanecia na porta, sem entrar. O norethang estava com seus olhos fechados e o rosto tinha uma expressão serena. Uma visão muito diferente do que o padre esperava, estava diante de um rosto saudável, sem nenhuma ferida, marca ou alteração. Nada que indicasse algum traço da terrível doença.

— Pai, — chamou a jovem — tem alguém aqui para vê-lo.

O homem abriu os olhos, pareceu ser necessário um grande esforço para realizar a simples tarefa.

— Aegrum está aí?

— Não, pai, um viajante — ela se virou para o padre e permitiu que ele se aproximasse.

— Chamo-me Krule, senhor — ele se ajoelhou ao lado da cama. — Sou um padre de Artanos e gostaria, se o senhor me permitir, de tentar ajudá-lo.

— Você é louco de vir até aqui — sua voz era tranquila e forte. — Tudo o que encontrará será a morte.

— É uma possibilidade, mas é meu dever fazer tudo ao meu alcance para ajudar aqueles que o destino colocou em meu caminho e minha jornada me trouxe a Nopta.

— Entendo — o norethang tossiu. — Sua jornada vai ficar bem complicada daqui em diante. Não gostamos muito de religião e creio que não poderá fazer muito em relação à doença.

— De qualquer maneira eu gostaria de tentar.

— Não tenho objeção quanto a isto — ele fechou os olhos. — Pior do que está não pode ficar.

Krule olhou para a jovem, silenciosamente pedindo a sua permissão. Com um leve piscar de olhos a jovem acenou que ele deveria seguir em frente. Uma lágrima rolou por seu rosto.

O padre levou seu anel à testa e de olhos fechados começou a murmurar uma prece a Artanos. Seguiu por um bom tempo assim, repetindo sempre as mesmas frases, em alguns momentos levava sua mão sobre o peito do norethang e a deixava ali parada. A jovem assistia a tudo imóvel e perigosamente a esperança crescia em seu coração. Não tinham deuses ou padres em Nopta, acreditavam somente no conhecimento antigo dos druidas.

Nenhum deles sabe dizer quanto tempo se passou, mas de repente veio o silêncio, Krule levantou-se, sua expressão revelava cansaço. Cambaleou até uma cadeira e jogou seu corpo sobre ela. A jovem queria perguntar o que aconteceria em seguida, mas preferiu ficar calada. Seu pai parecia igual, inerte na cama. Talvez estivesse errada e o estranho nada pudesse fazer contra aquela desgraça. Ela olhou para o padre extenuado na cadeira, ele não fez nada, apenas disse algumas palavras por um longo período, como isso poderia ajudar? Palavras não têm força, desde pequena ela aprendeu que é preciso agir, usar o corpo e os músculos para realizar as tarefas necessárias. Não adiantava lutar contra o inevitável. Fora um erro ter trazido o viajante até seu pai.

— Creio que seja um bom momento para uma refeição — disse o norethang se apoiando sobre seus cotovelos.

— Pai! — a jovem se ajoelhou ao lado da cama e abraçou seu pai — O senhor está bem!

— Filha, — ele disse sorrindo — não sei se estou melhor. Mas sinto-me diferente e acho que isso é um bom sinal.

Krule levantou-se com dificuldade e foi até perto da cama. Buscou em seu bolso por um pequeno pingente preso a um cordão de couro. Um pequeno martelo de ferro. Artanos tinha vários símbolos, em sua maioria armas, e os padres eram livres para escolher qual gostariam de levar em suas jornadas. Krule deu o objeto para o norethang.

— Obrigado, meu bom padre — ele colocou o pingente em seu pescoço.

— Ainda é cedo para comemorar, temos uma longa jornada pela frente.

— Vamos conseguir — bradou a jovem.

— E sobre aquela refeição?

— O que você gostaria de comer, pai?

— Acompanharei o padre.

— Bom, meu amigo, então você terá de comer piqces, porque eu não abrirei mão da iguaria.

— Então piqces será.

— Mas pai, Aegrum recomendou que o senhor não comesse do peixe. Ele disse que era a única maneira de o senhor melhorar.

— Pois se o padre vai de peixe, também vou — ele piscou para a jovem. — Traga o piqces.

A jovem saiu saltitante pela porta.

— Espero que o senhor saiba o que está fazendo — o norethang falava com seriedade — não quero dar falsas esperanças à minha pequena Inshara. Ela não suportaria.

— Posso garantir para o senhor que farei o meu melhor para curá-lo.

— E eu garanto ao senhor que se escapar com vida dessa maldição construirei uma igreja para Artanos aqui.

— Eu o ajudarei.

— Então temos um acordo — novamente ele sorriu. — Chamo-me Reskel.

Escutaram passos apressados subindo pela escada. Logo Inshara surgiu pela porta, tinha uma bandeja de madeira e trazia muita comida.

— Aqui está — ela colocou tudo sobre a mesa ao lado da janela. — Não aguento mais piqces, vou aproveitar para variar um pouco e comer uma sopa de grãos — ela sorriu com satisfação.

— Não compreendo como alguém pode se cansar de piqces, mas a boa notícia é que sobrará mais para nós — Krule pegou um prato e encheu com filé de piqce e batatas cozidas.

— Se você tivesse comido isso por sua vida inteira, tenho certeza de que entenderia — Inshara fazia o prato do seu pai.

— Para mim, comer qualquer coisa sem estar completamente deitado já é o suficiente — Reskel usava os cotovelos para se levantar e se sentar na cama.

Foi uma refeição animada, a primeira que o Ostra e Vento presenciava em muito tempo. Recolheram os pratos e deixaram Reskel descansando, Inshara o conduziu pela escada que levava ao salão e atravessaram juntos o local vazio e empoeirado. Era uma sensação incômoda passar onde se costumavam ter vozes alegres, risadas e agora nada. Apenas o silêncio. A ausência.

Diante da porta de seu quarto Krule se despediu da jovem e ficou imaginando como seria passar por aquela maldição. Fechou a porta e se sentou na cama. Sempre esteve do outro lado, como um viajante que chega para oferecer ajuda. Jamais foi na sua cidade, com o simpático senhor da taverna que o servia há anos, com o vizinho reclamão, com seus amigos, sua família. Tentou compreender o que Inshara enfrentava, mas sabia que era inútil. Era um sentimento impossível de explicar ver dia após dia tudo e todos morrerem ao seu redor.

Ainda era o meio do dia, mas sentiu os olhos pesados e o corpo cansado. O esforço para ajudar Reskel cobrava seu preço. Deitou-se e num instante já estava dormindo.

36

Pela janela viu que o sol permanecia no céu, mas não duraria por muito mais tempo. Dormiu toda a tarde e só acordou porque um grande barulho vinha do andar de baixo. Desceu as escadas e percebeu que o salão estava tomado por uma multidão. Quando perceberam sua presença, Krule foi cercado pelo que parecia ser toda a aldeia. Pelo menos os que ainda conseguiam andar. A notícia de que Reskel estava melhor correu pelos ouvidos como um cardume de piqces nadando para longe dos barcos pesqueiros. O padre não conseguia compreender ninguém, uma confusão de vozes e mãos tentando puxá-lo. Súplicas para que fosse às suas casas visitar os parentes doentes. Felizmente Inshara apareceu e o guiou pelo turbilhão fazendo com que chegassem em segurança à cozinha. Com delicadeza a jovem afastou as pessoas e fechou a porta.

— Desculpe — ela disse.

— Não há motivo.

— Eles estão aqui por minha culpa, em minha euforia contei para os vizinhos que o senhor fez pelo pai.

— Você poupou o tempo que eu levaria para convencer todos a me deixarem ajudar seus familiares — disse o padre com um sorriso — e em dias como estes que vivemos, o tempo é algo precioso.

A jovem ficou aliviada com as palavras do padre e foi sua a ideia de organizar uma fila para que todos pudessem receber a devida atenção com a calma necessária.

Um homem pulou à frente de todos e ajoelhou-se diante de Krule. Agarrava suas vestimentas e chorava.

— Por favor — suplicava o homem — você precisa ajudar meu filho. Ele não pode morrer.

— Acalme-se — o padre tentou levantá-lo — prometo que farei tudo ao meu alcance para ajudar. Como se chama seu filho?

— Angali — limpou o rosto com as mãos — é apenas um menino.

— Não se preocupe, meu bom senhor — o padre fez sinal para que Inshara providenciasse algo para anotar — irei visitá-lo assim que puder.

Provido de pergaminho e pena, Krule anotou todos os casos e prometeu que faria o possível para ajudar quem necessitasse. A tarefa tomou o resto do dia e uma parte da noite. Cansado e preocupado pela responsabilidade colocada sobre seus ombros, o padre fez uma visita para ver o estado de Reskel e foi para seus aposentos. Fez uma longa prece a Artanos, pedindo por coragem e sabedoria para enfrentar a maldição que destruía a vida das pessoas de Nopta. Dormiu um sono agitado.

Os dias que se seguiram foram de visitas aos incontáveis doentes e novos casos que surgiam. Krule precisou demonstrar uma força de vontade enorme para seguir em frente, orando e usando seus conhecimentos para aliviar a dor com ervas e rudimentares poções. Algumas pessoas respondiam bem ao tratamento e as preces, porém muitas ainda não conseguiam sair de suas camas.

A manhã ensolarada trouxe uma surpresa, Krule recebeu a visita de Smings, o ferreiro local. Ele vinha agradecer pela ajuda que o padre ofereceu a sua mulher e filha, era um sopro de esperança. A notícia alegrou Krule e ele decidiu encomendar um serviço a Smings. Pingentes no formato de martelo, iguais ao que usava ao redor do pescoço. O ferreiro agradeceu a oportunidade de retribuir o que o padre tinha feito por sua família e garantiu que Krule receberia os pingentes mais bonitos que já tinha visto.

Apesar da alegria e da esperança rondarem timidamente pelas ruas de Nopta, Krule estava preocupado. A maldição permanecia um mistério, e ele ainda não sabia com precisão o que fazer para ajudar. Alguns apresentavam melhoras, outros permaneciam acamados e nos piores casos as melhoras regrediram. O padre decidiu ver como estava Reskel, o simpático estalageiro era sua melhor opção para tentar descobrir a cura. Podia acompanhar seus hábitos mais de perto e com essa observação quem sabe descobrir algo novo.

Deu duas batidas antes de entrar no quarto do norethang e encontrou Reskel em pé olhando pela janela.

— Por Artanos, ele está de pé! — exclamou com alegria Krule.

— Padre, só pode ser um milagre — Reskel bateu em suas coxas — minhas pernas, a força voltou. Sinto-me como novo.

— Espero que sua opinião quanto Artanos tenha melhorado.

— Pode apostar — o norethang segurou o pingente — eu acredito na palavra de Artanos.

— Fico feliz em ouvir isto.

— Só temos um problema — Reskel apoiou sua mão sobre o ombro do padre — você terá que me ajudar a construir a igreja.

O padre deixou o norethang e foi para seu quarto. Queria fazer algumas anotações sobre o rumo dos acontecimentos, seu progresso e qual deveria ser o próximo passo. Mantinha um pequeno diário para tentar ajudar a organizar os pensamentos. Sentado à mesa bebia um gole de vinho e colocava seus pensamentos em palavras.

A pena deslizava pelo pergaminho, mas a todo instante parava. A doença ainda era um mistério e Krule não sabia exatamente contra o que lutava. A melhora dos doentes era um alívio, era verdade, porém era preciso determinar se seus esforços atingiam a doença ou meramente os sintomas.

Um grito interrompeu seus pensamentos. Imediatamente o padre passou pelo corredor e desceu a escada aos pulos.

Encontrou o homem na cozinha e aos seus pés caída no chão estava Inshara, os olhos inertes e sua pele branca. Krule correu e logo pode ver que respirava com dificuldades. O padre molhou suas mãos na água e delicadamente acariciou o rosto da jovem. Lentamente a consciência foi retornando.

— Eu... eu devo ter desmaiado — disse enquanto a colocavam sentada — estou me sentindo tão fraca.

— Não faça esforço agora — o pai tinha os olhos marejados — fique quietinha um pouco.

— Vamos levá-la para o quarto — Krule levantou-se.

Os dois ajudaram a jovem que tinha grande dificuldade para andar. O padre ficou um longo período ao lado da cama, sussurrava uma prece para Artanos. Inshara olhava fixamente para o teto, a respiração era lenta e gotas de suor formavam-se em sua testa. Finalmente ela adormeceu. O padre e Reskel desceram para a cozinha e o norethang serviu dois copos com vinho.

— Ela está com a doença — o pai tentava se controlar — como é possível?

— Eu não sei — Krule procurava uma resposta, mas não conseguia pensar em nada — eu não sei.

— Você precisa...

As palavras de Reskel foram interrompidas por uma gritaria que vinha da rua. Correram até a porta.

— Eu ouvi dizer que um curandeiro chegou a Nopta — um velho de roupas rotas e mancando com a ajuda de um cajado reunia algumas pessoas na praça — dizem que traz a esperança em seus ombros e a cura em suas palavras.

— Aegrum — murmurou Reskel.

Os dois caminharam até a praça, o velho estava ao lado de uma estátua de um enorme piqce. Os druidas não eram muito comuns em Alénmar, contudo em algumas antigas aldeias ainda eram encontrados. E exerciam grande poder sobre o local, fazendo o papel de líderes.

— Pois eu digo que este mundo é cheio de charlatões — o velho parou — pessoas que vagam por aí se aproveitando da desgraça de outros apenas para encher seus bolsos. O que este pretenso curandeiro fez? Um alívio momentâneo que desaparece com o novo dia. Quem, nesta aldeia, realmente está se sentindo melhor hoje? Pelo que sabemos, o charlatão pode estar longe daqui, fugindo com seu dinheiro e seus presentes. Quem aqui tem coragem de defender este falsário?

— Sim, falsários! — Krule reconheceu a velha Zelif do seu primeiro dia na vila. — Sempre tem alguém querendo tirar proveito do sofrimento alheio.

Aegrum ficou em silêncio, olhava para os lados esperando para ver se alguém respondia seu desafio. Estava confiante, ninguém ergueria sua voz para defender o forasteiro. Reskel fez menção em falar, mas foi impedido por Krule.

— Deixe ele falar — sussurrou o padre — antes de responder vamos ver o que realmente se passa aqui.

— O melhor para Nopta é seguir meus conselhos, vocês me conhecem, estou há tempos junto com vocês, vi muitos de vocês nascerem. Enfrentando cada obstáculo de nossa difícil caminhada — o druida se moveu entre as pessoas — eu sei o que é o melhor para vocês.

Novamente o silêncio, tudo que se podia ouvir era o mar e o cajado de Aegrum batendo contra o chão.

— Quais são os conselhos de Aegrum? — Krule olhava o druida com atenção.

— Ele sempre pede que evitemos os piqces ou qualquer coisa que venha do mar — Reskel sentou-se — Aegrum acredita que a doença é um castigo do mar.

Os dois começaram a retornar para a pousada.

— Não deixa de ser uma teoria — o padre ponderou por um instante. — A doença existia antes?

— Não, surgiu há alguns anos.

— E Nopta sempre viveu do mar?

— Ah sim, por gerações tiramos nosso sustento das águas.

— Para fazer sentido, a maldição ser um castigo de Shuatam, é preciso que alguma coisa tenha acontecido. Lembra-se de algo?

— Não de Shuatam — Reskel fez uma reverência ao Deus das Águas. — Viu a estátua na praça? — o padre assentiu — Reparou que os olhos são dois enormes buracos vazios? — mais uma vez o padre balançou sua cabeça afirmativamente — Ali costumavam ficar duas pedras esverdeadas, mas elas foram roubadas. Olubante, como chamamos a estátua, é o protetor da aldeia, é ele quem nos protege para que nossos barcos retornem em segurança e tragam comida e riqueza para nós. Aegrum diz que como deixamos levarem os olhos de Olubante, ele envenenou nosso mar e trouxe a doença.

— Interessante — Krule tamborilava seus dedos nos lábios — a doença veio depois do roubo?

— Não me lembro exatamente quando começou, mas acho que foi sim.

— Creio que Aegrum pode estar certo. O roubo e a doença estão ligados de alguma forma, mas não acho que seja uma simples vingança.

Estavam apenas alguns passos da pousada quando reparam que na porta do Ostra estava um gnomo, ele dava leves batidas na porta.

— O que posso fazer pelo senhor? — a voz de Reskel, como um bom dono de pousada, transbordava simpatia.

42

— Preciso de comida e estadia, senhor — o gnomo soava alegre.

— Dois viajantes — exclamou o norethang. — Talvez as coisas de fato estejam mudando. Entre, entre, temos boas camas e excelente comida.

Reskel entrou com passos rápidos, abriu as janelas, retirou as cadeiras de cima das mesas e sumiu pela porta que levava à cozinha. O gnomo e Krule se cumprimentaram com um aceno de cabeça. O novo cliente procurou por uma mesa e sentou-se, parecia contente e examinava o local com cuidado.

O padre subiu as escadas e foi até o quarto de Inshara. Queria saber como a moça estava. A janela aberta deixava o local claro e uma leve brisa mexia a cortina. Deitada em sua cama, Inshara dormia tranquilamente. Krule aproximou-se, levou sua mão a testa da moça e fez uma breve prece. Retirou de seu bolso um dos pingentes que Smings criou e deixou sobre a mesa de cabeceira. Olhou uma última vez para a jovem e saiu.

O cheiro de piqces tomou conta do ambiente e Krule encontrou o gnomo diante de um belo prato e uma garrafa de vinho. Sentiu a boca salivar e pensou que uma refeição não seria uma má ideia.

— Gostaria de um copo? — sugeriu o gnomo com um sorriso.

— Temo que serei obrigado a aceitar o convite — o padre sentou-se à mesa.

— Seu rosto não me é estranho, creio que nossos caminhos já se cruzaram antes.

— É possível, já fiz minhas andanças por este mundo.

— Chamo-me Trebl — estendeu sua mão e um sorriso.

— Krule — o padre apertou a mão de seu companheiro de mesa.

A entrada de Reskel pela porta não permitiu ao padre perceber que a expressão no rosto do gnomo mudou bruscamente quando ouviu o nome de seu companheiro de mesa. O sorriso se dissipou e os olhos escrutinaram rapidamente a sala, parecia nervoso, alguma coisa o incomodou. Trebl virou o copo e bebeu todo o líquido de uma só vez, jamais previra que um dos Basiliscos poderia estar em Nopta. Perguntas fervilhavam em sua mente.

— Aqui está — anunciou o noretahng — o melhor piqce da ilha!

— Parece fantástico — Krule esfregava as mãos — traga-me um prato também.

— Pode deixar — disse com alegria o estalajadeiro.

— Deculpe, mas você é um dos Basiliscos, não? — o gnomo interrompeu a conversa e soava perplexo.

— Precisamente — disse o padre com um sorriso.

— Os outros estão por aqui?

— Fique tranquilo — o padre se divertia — estou sozinho. Tudo está bem. Não teremos nenhuma surpresa ou catástrofe.

— Como assim? Poderia ficar pior do que já estamos passando? — Reskel parecia confuso, não tinha certeza se era uma brincadeira.

— Os Basiliscos — Aegrum entrou pela porta e cuspia as palavras — são um grupo de aventureiros. Alguns diriam heróis, para mim são como uma praga. Mesmo eu aqui nos confins de Breasal conheço sua reputação. Por onde passam não deixam nada como encontraram. Chegam às cidades, agem, influenciam a vida dos outros sem medir as consequências. Mudam o rumo do destino como o vento de tempestade varre as folhas secas do chão. E agora você está aqui, colocando ideias estúpidas na mente de nossa gente.

— A mudança pode ser uma coisa boa — rebateu Krule com seriedade.

— Não! — bradou o druida — As coisas existem e são da forma que são por uma razão, não cabe a nós alterar o que foi construído pela natureza ao longo de incontáveis anos.

— Então você quer que acreditemos que o que se passa aqui, a doença, a morte e o desespero, é algo com que devemos nos acostumar e aceitar?

— Não seja tolo — o druida sentou-se à mesa. — O que se passa aqui não está relacionado com a Natureza. Nossa desgraça foi criada por mãos de criaturas mundanas — sem perguntar Aegrum pegou o copo de Krule e bebeu o vinho — foi quando roubaram os olhos de Olubante que tudo começou. Estamos pagando por abandonar nosso protetor.

Ninguém percebeu, mas Trebl se agitou, bebeu o vinho novamente de um gole só e passava os dedos por seu queixo fino.

— Por olhos de Olubante você quer dizer as pedras da estátua — contrariado, Aegrum assentiu ao gnomo. — Foram roubadas? Quando?

— Há alguns anos o amanhecer nos trouxe a desgraça, Olubante estava cego e não podia mais nos proteger.

— Mas quem faria tal coisa? — Trebl parecia chocado.

— Não sabemos — o druida abaixou sua cabeça.

— O que eram estas pedras? — Krule procurava por um novo copo.

— Se você que saber simplesmente os fatos históricos, a estátua foi presenteada à vila nos dias antigos e os olhos eram lindas pedras esverdeadas e lisas. Ela foi colocada no centro da vila e recebeu o nome de Olubante em homenagem a um antigo guerreiro que aqui viveu — o druida serviu-se de um pedaço de pão — isto é o que todos conhecem. Agora vou lhes contar o que está além das simples histórias para dormir. Algo que somente os corações mais atentos podem sentir e as mentes mais aguçadas compreender. As pedras emanam magia e são diferentes de tudo que vi. Ao se aproximar dava para sentir sua energia, tão densa que parecia ser possível tocá-la. Seu poder mantinha afastado todo o tipo de maldade, nossa aldeia vivia em paz, mesmo quando a guerra estava a apenas alguns passos. Nunca nos faltou comida e as doenças eram raras. Até meus encantos e feitiços se tornavam mais efetivos. E agora, nada.

— As pedras potencializavam seus feitiços? — Trebl ofereceu mais um copo de vinho ao druida.

— Sim — confirmou Aegrum — mas isto não quer dizer que eu não seja capaz de ajudar meus conterrâneos. Não precisamos que nenhum estrangeiro venha aqui — dirigiu suas palavras para o padre. — Foi um estrangeiro que nos deixou nesta situação, não precisamos da ajuda de estranhos! Não precisamos da sua ajuda!

O druida levantou-se, tomou o vinho em um gole e com passos pesados foi embora.

— Este Aegrum é algo, não? — Reskel saía da cozinha com um prato de piqces.

O prato foi colocado diante do padre que tentava compreender as palavras do druida. Em seus anos de viagens pelo mundo, defendendo e ensinando as palavras de Artanos, Krule tinha enfrentado inúmeras vezes esse ódio a estrangeiros. Não era isso que preocupava o padre, ele tentava filtrar na fala de Aegrum algo que pudesse ajudá-lo a combater a doença. Contudo parecia que eram apenas palavras ressentidas de um druida que tenta demonstrar que ainda tem poder e o orgulho próprio é mais importante do que o bem maior.

— Caro Reskel, sua hospitalidade é única — o gnomo esforçava-se para ser simpático — por favor, sente-se conosco e divida uma garrafa de vinho com seus hóspedes.

— Será um prazer — Reskel já estava com um copo na mão.

— O que pode nos dizer sobre Olubante? — o gnomo tentou disfarçar, mas Krule percebeu que Trebl tinha algum interesse na estátua.

— O que posso dizer? — Reskel levantou os ombros — Sou somente o dono da pousada local. Sei apenas o que meu pai me contou e o que todo mundo sabe. Foi um presente de uma cidade no Continente. Ao que parece tínhamos um acordo comercial com eles, mas ninguém hoje sabe dizer qual era a cidade e qual era a relação entre os dois povos.

— E isso não incomoda você? — o gnomo pareceu surpreso.

— Não — disse com simplicidade — para nós é suficiente saber que existe alguém nos protegendo e garantindo que nossa vida seja melhor — bebeu do vinho. — Além do mais, meu pai dizia que quando sabemos muito sobre um mito ele perde sua força e sua utilidade.

— Saiba que não é apenas Olubante, Artanos também está olhando por vocês — Krule sorriu — afinal se não fosse por ele, eu não estaria aqui.

O padre levantou seu copo. Rapidamente Reskel respondeu o gesto tocando seu copo no copo de Krule. Trebl somente olhou a cena, parece que seu interesse já não estava mais ali.

O vento que passava por entre as rochas assobiava e por breves instantes era como se o topo da colina fosse invadido por um lamento. Quase toda a vila estava reunida ali, Krule podia sentir que muitos olhavam para ele e o peso que colocavam sobre os ombros do padre era quase insuportável. À frente, de costas para o mar e voltado para as pessoas, estava Aegrum, vestia um manto de pele de urso e o rosto pintado com riscos vermelhos. Pelo estreito caminho, a procissão seguia com passos ritmados, todos usavam longas vestimentas brancas, o rosto coberto pelos capuzes, liderando o grupo estava o pai, as lágrimas escorrendo pelas bochechas e as mãos segurando firmemente o pequeno receptáculo onde estavam as cinzas de seu filho.

Assim era o costume norethang, os mortos eram consumidos pelo fogo e suas cinzas oferecidas aos deuses. Cada vila e cidade tinha o seu ritual, não existe certo ou errado. Em Nopta seguia-se a tradição de oferecer as cinzas ao mar.

O padre conheceu o menino, na verdade era quase um homem, já acompanhava o pai no mar e pelo que ouviu era um promissor pescador. Fora à sua casa dois dias antes, Angali era seu nome, e parecia que seus esforços tinham vingado, pelo menos naquela casa. O jovem conseguia se alimentar e até arriscar alguns passos, o pai estava radiante, muito diferente da figura que agora chegava ao topo da colina. Um homem quebrado, vazio. O que deu errado? Krule não sabia a resposta.

Ajoelhado e com os gestos transbordando reverência, até o vento silenciava, o pai entregou as cinzas do filho ao druida. Aegrum levantou o receptáculo de ouro sobre sua cabeça e proferiu algumas palavras no antigo idioma norethang. Ofereceu o receptáculo para a mãe de Angali, que o beijou ternamente, em seguida a irmã mais nova que simplesmente imitou o gesto da mãe e finalmente para o pai. O homem recusou-se a se despedir do filho. Segurava a urna dourada nas mãos, os lábios contraídos, lutando para segurar as lágrimas. De repente virou-se para o padre.

— Por quê? — murmurou.

Krule sentiu suas entranhas revirarem e o coração gelar. Podiam-se ouvir as mulheres chorando baixinho, o vento soprou forte e Krule desejou ter a força necessária para mudar o destino. Desejou não saber que a vida às vezes era injusta, que tem coisas que não se explicam, exceto pela dor. Conteve as emoções, por alguma razão que desconhecia não queria chorar ali na frente de todos.

O pai encostou a testa no ouro gelado e deixou que as lágrimas fluíssem. Depois com dificuldade beijou o receptáculo.

O druida virou-se para o mar, para as águas acinzentadas, e proferiu um tradicional cântico norethang. Enquanto as palavras saíam de seus lábios, abriu a tampa e uma poeira negra começou a ser levada pelo vento. Estranhos desenhos se formavam e os mais impressionáveis diriam que era o jovem tentando dizer suas últimas palavras — de fato alguns druidas afirmam que podem ler o futuro nesses símbolos. O vento fez as cinzas rodopiarem e dançarem até sumirem por completo. As pessoas foram deixando a colina e o jovem Angali restava apenas como uma memória. Um caminho não percorrido.

O mar avançava contra a areia e o padre sentia a água gelada molhar seus pés. Era a primeira vez que descia até a praia desde que chegou à vila. Não conseguia encarar os outros, precisava um momento sozinho. Tentou caminhar pela areia, a amplitude do mar sempre o acalmava, contudo o rosto do pai de Angali não deixava sua mente. Os olhos, a dor e o desespero. Era culpa sua e não sabia o que fazer para acabar com as mortes, com o sofrimento. Havia cinco dias desde o enterro e aquela lembrança ainda o perturbava, a piora de Inshara também contribuía para sua inquietação. Inconscientemente Krule segurava seu amuleto, o pequeno martelo, esperando por um sinal de Artanos. Tudo o que podia ouvir eram as ondas se desfazendo na praia.

A areia clara começou a ficar escura e logo se transformou em pedras. Diante de seus olhos uma formação rochosa que desafiava o mar, avançando um bom pedaço nas águas. Agarrada à rocha estava uma estrutura abandonada de madeira, uma plataforma se equilibrava, lutando contra o mar que persistia em embalá-la.

As pedras lisas faziam Krule pisar com cautela para não escorregar, rugiam alto quando se chocavam contra a rocha. Depois de vencer o trecho acidentado, seus pés sentiram madeira, as tábuas rangiam e o cheiro de maresia era forte. Olhou ao redor, não sabia exatamente o que procurava, mas sua intuição dizia que existia algo para ser encontrado. Além da plataforma uma construção desafiava o vento e as ondas, parecia ter sido usada antigamente como um grande armazém ou algo similar, do outro lado estavam as embarcações. Duas carcaças do que antes deveriam ter sido bons barcos de pesca estavam entrelaçados, uma enorme confusão de madeira, entulho e lembranças.

O padre sentiu uma inquietação em sua alma e um arrepio pelas costas, quase parou. Alguma coisa aconteceu naquele lugar. Algo terrível. Não saberia precisar exatamente o quê, mas a experiência de outras viagens e sua fé lhe diziam que aquelas tábuas presenciaram alguma tragédia. Ajoelhou-se, fechou os olhos e fez uma prece. Segurava o amuleto por entre os dedos, rezava fervorosamente tentando afastar a tristeza que o cercava com sua fé.

"Ajudem-nos".

Krule abriu os olhos, sua visão correu pelo horizonte procurando o dono daquelas palavras, mas estava sozinho. E antes que pudesse reagir, sentiu seu amuleto se partindo, abriu a mão e viu o martelo quebrado em dois. Levantou-se. Buscou por sua espada e empunhou Haifists. Apontava a lâmina para todas as direções e lentamente foi saindo da plataforma, atento a qualquer movimento, qualquer perigo que pudesse surgir.

Antes de lutar precisava saber o que enfrentava, o desconhecido é um dos maiores inimigos que alguém pode ter. E Krule preferia não arriscar, não quando tantas vidas dependiam dele. As tábuas foram ficando para trás, logo deixou a rocha escura e estava novamente na areia. Sua alma se aquietou e o coração batia acelerado, guardou Haifists e deixou a praia com a certeza de que retornaria.

Atravessou a vila, queria retornar para seu quarto, precisava refletir sobre os acontecimentos e rezar. Artanos iria ajudá-lo a ver a verdade. Precisava de sua fé.

Encontrou o Ostra agitado, um grupo de pessoas cercava Reskel que estava na porta esfregando as mãos e andava de um lado para o outro. O coração do padre acelerou, os passos se transformaram em uma corrida. Inshara. Acontecera alguma coisa com Inshara.

— O que foi? — tentou acalmar as palavras, mas elas saíram afoitas.

— Maldito! — gritou um sujeito antes de golpear o rosto de Krule. Era o pai de Angali.

O padre caiu para o lado e teve que ser amparado por Reskel.

— Você está matando a todos nós — o homem partiu para cima do padre novamente — peguem ele!

O restante do grupo atacou e se não fosse pela hesitação que tiveram quando Reskel se colocou à frente deles, uma tragédia aconteceria.

— Tivemos mais uma morte! Vá! — ordenou o norethang antes de ser dominado.

O padre saiu correndo pela rua, podia ouvir os gritos que o seguiam, o ruído de armas sendo desembainhadas. Virou uma esquina, sentia a boca seca, cada vez mais difícil de puxar o ar, os pulmões queimavam. Escondeu-se em um beco, atrás de umas caixas que fediam a peixe. Os passos pesados se aproximavam, eram quatro, alguns levavam pedaços de pau, um deles uma espada velha. Evidente que não era um desafio à altura de Krule, não eram guerreiros, eram apenas pessoas desesperadas. E era por essa razão que não restava outra opção a não ser se esconder. O padre não podia lutar com eles.

Uma porta se abriu com um rangido, Krule segurou no cabo de sua espada. Era Aegrum. O druida fez sinal para que o padre entrasse.

A sala estava escura, não existiam janelas por onde a luz pudesse entrar, era algo como um depósito, caixas de madeira se empilhavam nas paredes, entulhos nos cantos e a poeira se acumulava no chão. Um lampião foi aceso pelo druida e ele se acomodou em uma caixa, com um gesto pediu que o padre fizesse o mesmo.

— São tempos sombrios estes que vivemos — a voz de Aegrum soava cansada. — E a culpa pesa sobre os ombros de todos nós.

— O que aconteceu? — Krule tentou se ajeitar no caixote.

— A senhora Zelif faleceu.

O padre lembrava-se se dela, sempre desagradável, tratando mal o marido e a filha. Nunca estava satisfeita, reclamando e resmungando. Contudo a notícia foi como um golpe em sua alma.

— Isso deve parar agora — continuou o druida — tantas mortes, não podemos considerar normal, que faça parte do nosso cotidiano. Seria um desrespeito com todos que tiveram suas vidas interrompidas.

— Espero que tenha descoberto uma solução — passou os dedos pela testa limpando o suor — minhas mãos estão atadas, pelo menos até que os ânimos se acalmem.

— Deixe que eu fale com eles, vão compreender. Precisamos de você, é o único que pode tentar algo.

— Por que me ajuda? — o olhar era fixo e as palavras firmes.

O druida abaixou a cabeça, não queria ter aquela conversa. Imaginou que talvez o padre simplesmente aceitasse a situação e seguisse em frente, para fazer o que estava destinado a realizar.

— Meu irmão — hesitou por um instante — ele está doente. Tentei tudo que podia, fui além de minhas forças, porém, eu... — os olhos marejavam — eu falhei.

Krule apoiou sua mão no ombro de Aegrum que assentiu.

— E agora que a morte ronda com frequência nossa vila, temo que meu irmão possa ser o próximo — apertava as mãos — está fraco, não posso perdê-lo. Estou há tanto tempo aqui e nada consegui, já tentei de tudo, sabe...

Admitir sua falha causava um grande sofrimento ao druida e era a última coisa que Krule desejava, mais sofrimento.

— Não diga mais nada — reparou que a sala era quente, um fio de suor escorreu por sua testa — é o meu desejo também salvar a todos. Mas admito que ainda não sei como realizar tal tarefa. Já tentei compreender o que acontece, procurei analisar o que cada doente faz, o que come, onde mora. Mas não consigo desenvolver um raciocínio satisfatório.

Aegrum balançou a cabeça negativamente, sorria como um professor faz para seu pupilo. Entregou um martelo, um dos pingentes que Smings criou, para Krule.

— Estive errado — disse o padre olhando para o objeto de ferro na palma de sua mão — não é um caso para a razão. Foi a fé que me trouxe até aqui, uma missão divina.

— Finalmente estamos nos entendendo. Estou às suas ordens, padre, farei o que for necessário.

Começou a se desprender de todas as suas ideias, as anotações que fez em seu diário e as teorias sobre a maldição. Suas suspeitas de que fosse algo na água, na comida ou na terra. Precisava deixar a mente vazia, deixar apenas que a fé guiasse seus pensamentos. Sentiu o pingente em sua mão, inteiro, completo. Colocou a outra mão em seu bolso e os dedos tocaram o amuleto partido.

— Uma questão da fé, não da razão — murmurou para si e voltou suas atenções para o druida — o que aconteceu na praia?

O druida não compreendeu o que o padre quis dizer.

— A estrutura de madeira na praia — gesticulou com as mãos — dois barcos afundados.

Então Aegrum se lembrou e seus olhos se arregalaram.

— Foi horrível — suspirou e passou as mãos pelo cabelo ralo. — O mar estava agitado, era um dia chuvoso e os céus cuspiam seus relâmpagos sobre nós. Em condições normais nunca enfrentaríamos as águas em tal situação, mas a pesca estava ruim, a fome batia em nossas portas e uma tempestade com raios era a melhor maneira de se pegar piqces. Os danadinhos gostam de águas agitadas — o druida deu um tapa em seu joelho — por isso bravos e honrados norethangs decidiram arriscar suas vidas para tentar salvar a todos. Ninguém esperava o que aconteceu, antes que as embarcações pudessem se afastar, as ondas jogaram uma contra a outra. A colisão dos cascos foi mais alta que os trovões, eles ficaram arruinados e o mar engolia as embarcações sem piedade. Como um predador que avança sobre uma presa indefesa. Ficamos olhando, paralisados pelo terror, enquanto nossos bravos pescadores sucumbiam — ele fez um instante de silêncio e passou a mão pela testa em respeito aos mortos — compreenda, qualquer um que tentasse, seria levado para o fundo junto com eles. Não tínhamos como salvá-los.

Krule assentiu, sabia que as palavras do druida eram verdade e não covardia. Qualquer tentativa de salvar os pescadores estaria fadada ao fracasso.

— A vila ficou arrasada depois disso, demorou muito tempo para nos recuperarmos e agora essa maldita doença! — Aegrum chutou uma caixa para longe. — Não podemos terminar assim, somos melhores que isso!

— E quando começaram os sussurros?

— Sussurros? — o druida levantou as sobrancelhas.

— Quando estive nas pedras da praia hoje, pude ouvir sussurros pedindo por ajuda.

— Não sei do que está falando.

— Não é possível — o padre mostrou a palma de sua mão com o amuleto quebrado — o sofrimento daquele lugar não pode passar desapercebido.

— Apesar de termos nossas similaridades — o druida sorria — são nossas diferenças que nos destacam. Eu trabalho com as forças da natureza, você, estrangeiro, age com a fé, com a crença. E todos que morreram aquele dia acreditavam que seriam salvos, que a ajuda chegaria. Por isso somente um homem de fé poderia ouvir o apelo dos náufragos.

— Nunca vi algo assim — o padre guardou o amuleto em seu bolso. — Os náufragos, estão todos aqui. Suplicando por ajuda, pedindo por uma chance para escapar.

— Como é possível?

— Algumas escrituras contam que quando uma vida é interrompida abruptamente, o espírito permanece. Foge de Darkhier e tenta voltar para o mundo dos vivos. E faz isso sugando a essência vital dos vivos.

— A doença... — murmurou o druida — Mas por que só agora?

A testa estava molhada e só agora Krule percebia como estava cansado, as pernas doíam e o corpo reclamava por um descanso.

— Os olhos de Olubante! — exclamou o druida — Eles realmente nos protegiam, mantinham os espíritos afastados.

— Faz sentido — Krule coçou o queixo, — mas seria necessário um grande poder para mantê-los afastados.

— Aquelas pedras não eram meras decorações — os olhos do druida se agitaram — o poço ao lado da estátua! Além de poço é a saída de um caminho subterrâneo que segue até a praia. Era usado antigamente quando ataques de piratas à vila eram comuns. Um túnel de fuga.

— Os espíritos podem ter usado a passagem que, se não estou enganado, fica ao lado de Olubante.

— Tudo faz sentido.

— É ainda apenas uma possibilidade, porém é a única coisa que temos no momento — Krule levantou-se — irei verificar o túnel.

O druida também se levantou e estendeu a mão para o padre que deu um forte aperto.

— Obrigado.

— Eu que agradeço a confiança e a chance de me redimir diante de Nopta.

— Tome cuidado lá embaixo, não será uma jornada fácil.

— No momento minha única preocupação é chegar até a entrada sem apanhar.

— Não é com a dor física que deve se preocupar, — Aegrum procurou por algo em suas vestimentas — é sua mente que eles vão atacar. Sua vontade. Os espíritos vão testar a sua fé, ela é a maior arma que você tem contra eles.

Um frasco esverdeado fechado com uma rolha saiu de um dos bolsos do druida. Ele entregou para o padre.

— Para um momento de desespero.

Krule agradeceu com uma reverência. Os dois se despediram com um aperto de mão seco e cada um seguiu o seu caminho.

Decidiu que entraria pelo mar, o poço era onde os espíritos deveriam estar em maior número e não queria se arriscar enfrentando todos de uma vez. Voltar à praia sabendo o que aconteceu, a história que envolvia aquelas estruturas, transformava o lugar em algo assustador e desta vez os ouvidos do padre escutavam inúmeros sussurros. As súplicas dos mortos. Olhava para o mar, para os destroços e tentava recriar o acidente. O horror que deve ter sido ficar em pé sem poder fazer nada. Deu alguns passos para trás, queria se afastar, silenciar os sussurros. Mas manteve-se firme, Nopta dependia dele.

Não foi difícil encontrar a entrada do túnel. O trecho era curto e descia ao lado do píer, venceu a pequena distância até o vão que formava uma porta rudimentar. O chão era escorregadio na entrada e era preciso tomar cuidado com as ondas que se chocavam com violência nas pedras.

Encarando a escuridão do túnel Krule se apoiou sobre um dos joelhos e pediu a Artanos por proteção e coragem para enfrentar o desafio que o próprio deus do combate tinha colocado em seu caminho. Retirou Haifists da bainha e a ofereceu ao deus.

— Minha lâmina está a seu serviço — sussurrou — assim como minha alma.

Levantou-se e guardou a espada. Verificou se o frasco de Aegrum estava em seu bolso e acendeu a tocha que ganhou de Reskel. Os primeiros passos revelaram uma construção bem-acabada, apesar do abandono, o chão era plano e as paredes e teto com suportes de madeira que pareciam ter resistido de forma satisfatória ao tempo e a maresia. O ar era pesado e o cheiro forte incomodava, com passos firmes o padre seguia em frente. A luz das chamas ondulando e fazendo com que se tivesse a sensação de que o corredor tremia.

Por um instante Krule acreditou que a jornada seria tranquila, algo simples. Porém, vieram as primeiras palavras. Um sopro pedindo por ajuda. Foi como um golpe, o coração gelou e as pernas fraquejaram. Guiado pelo instinto, girou a tocha procurando a origem dos sons. Não encontrou nada. Respirou fundo e seguiu em frente.

Agora os sussurros eram constantes e com o tempo o padre conseguia identificar as várias vozes. Eram oito espíritos à sua volta e Krule podia sentir que seu corpo começava a ficar cansado, o esforço para andar passou a ser tremendo. Onze espíritos. Os pés já não andavam, arrastavam-se sobre o solo rochoso até que o padre tropeçou e caiu. Sentiu o joelho latejando de dor e a tocha caiu de sua mão.

Tentou se levantar, mas os braços não tinham mais força e Krule ficou deitado sem poder se mexer. Dezessete espíritos. Precisava pensar em uma saída, mas não conseguia, a mente falhava e vagava para longe.

Um menino diante de um grande portão de madeira. Ao lado um soldado dava cascudos no menino e ordenava que ele atravessasse o portão. O menino era Krule quando foi pego roubando e mandado para uma igreja para se tornar um padre. Não era para ele estar ali, nunca foi sua vocação, a fé lhe foi imposta. Um castigo.

Abriu os olhos, a luz da tocha morrendo e a escuridão tomando conta do túnel. O cabelo molhado pelo suor, queria sair. Não podia mais permanecer naquele corredor. Gritou com todas as suas forças. Vinte e três espíritos pedindo por ajuda.

— Eu não posso salvar vocês! Não tenho poder para salvar ninguém!

As cinzas de Angali voavam em um céu vermelho e Krule sentia a sua impotência diante do destino inexorável. O pai do menino o perseguia e o padre tentava fugir correndo por planícies e pântanos. Mas nunca conseguia escapar e precisava correr cada vez mais. Sentia a angústia se apoderando de cada pedaço de sua alma.

A cabeça doía e sabia que não suportaria por mais tempo. Só restava desistir e deixar que os espíritos o levassem. E de repente o silêncio.

Abriu os olhos, um fiapo de luz ainda iluminava o túnel. Tentou se levantar, não tinha forças. No início achou que a fadiga estivesse lhe pregando uma peça, não poderia ser um vulto, mais uma visão para atormentá-lo. Mas quando dois pontos luminosos surgiram, Krule teve certeza de que algo se aproximava. E mesmo com o cansaço e a confusão em sua mente sabia que não era algo amistoso.

Em um esforço inútil tentou se arrastar para longe, mas o avanço foi pequeno. As luzes azuladas cada vez mais perto. Krule precisava agir ou morreria naquele túnel. Fez a única coisa que não era necessário pensar, algo que estava em seu instinto. Buscou pelo cabo de Haifists para se proteger. No esforço para alcançar sua espada sentiu algo em suas costelas. O presente de Aegrum.

Retirou o frasco esverdeado do bolso e aquele líquido foi a última coisa que o padre viu antes do fogo da tocha se extinguir. Assustou-se com a escuridão, era mais uma vez o garoto diante dos portões da igreja, inseguro e com raiva. E foi esse sentimento que em um primeiro momento o guiou, a raiva de não poder lutar contra o destino, de ter apenas que aceitar o que acontecia e conformar-se. Decidiu que aquilo acabaria naquele momento. Com os dentes puxou a rolha e bebeu a poção do druida.

O gosto era horrível, parecia lama misturado com areia e o líquido agrediu suas gengivas e cuspiu maldizendo o druida. Um chute atingiu suas pernas, ouviu o joelho estalando de dor e os olhos azulados o encarando. Um desafio silencioso. O início do combate foi como uma bebida quente em uma noite gelada. Sentiu uma onda de calor invadindo seu corpo e a força voltando aos seus músculos.

Segurou o cabo de Haifists com firmeza e puxou a espada. Apontou a lâmina para o inimigo e conseguiu se arrastar para trás. Os olhos continuavam avançando, constantes e sem pressa, um caçador que sabe que sua presa está abatida. Krule rezava para Artanos, o deus do Combate lhe daria a força necessária para derrotar aquele monstro. Aos poucos as pernas foram ficando firmes e com o apoio da parede o padre se pôs em pé. O soco acertou seu ombro, lento e impreciso, mas com tremenda potência. Krule se considerava um guerreiro forte e experiente e ao longo de suas viagens e aventuras poucas vezes encontrou um adversário que o derrubou com um soco. Contudo, mais uma vez estava no chão.

O frasco escorregou de seus dedos e rolou pelas pedras. Algumas gotas caíram no solo e pequenos pontos de fogo surgiram. Os olhos azulados pela primeira vez hesitaram. E então a mente de Krule estava limpa, serena e ele sabia o que precisava fazer. Levantou-se e pegou o frasco de Aegrum e com cuidado derramou o líquido sobre a lâmina de Haifists. A luz do fogo iluminou o túnel, as chamas esverdeadas envolviam a espada e Krule sorria.

Não era uma questão de mudar o destino, mas lutar para fazer o que julgava certo. O importante não era o resultado, tais coisas eram assuntos dos deuses, sua missão era fazer o que seu coração e sua fé mostravam para ajudar as pessoas. Mesmo sendo uma batalha perdida, a luta era reconfortante e necessária para tornar o fim sereno. E era isso que Artanos tinha reservado para seu destino, ele era um guerreiro, um padre do Combate que ajuda Artanos a tornar a vida das pessoas melhor.

Pela primeira vez o padre viu seu oponente. Um norethang, porém de pele acinzentada, olhos amarelos e sem mandíbula. A língua se movia como uma serpente para articular as palavras. Um corpo seco. A carne carcomida no rosto e nos braços da criatura, em muitos pontos era possível ver os ossos e tendões.

— Seu tempo neste mundo acabou, vá embora — Krule olhava para Haifists com a lâmina em chamas, era algo impressionante. — Deixe que os outros continuem com suas vidas.

A criatura atacou usando suas garras, mas o padre desviou dando um passo para trás. Ainda sem saber o resultado que as chamas trariam Krule golpeou. Haifists passou perto, mas também não acertou o alvo. O combate seguiu equilibrado, Krule parava os golpes com a lâmina da espada, socos e pontapés que pareciam não se importar com o fogo. Reparou que a mão direita era somente de ossos, sem carne ou músculos. O soco arrebentou sua manopla e Krule empurrou o inimigo com o ombro, o corpo seco bateu na rocha e abriu a guarda. Com um potente golpe da espada o padre destroçou a mão da criatura. Pedaços de ossos se espalharam pelo chão.

O inimigo hesitou e Krule conseguiu o que esperava por todo o combate, o momento, o instante para desferir o golpe perfeito, quando tudo o que se precisa fazer é estar pronto para aproveitar. O padre segurou o cabo de Haifists com as duas mãos, agradeceu a Artanos pela chance e golpeou. A lâmina em chamas entrou pelas costelas, atravessou todo o corpo e saiu pelo ombro.

O corpo seco caiu dividido em dois, Krule ofegava com a Haifists preparada para mais um golpe. O padre esperava que os sussurros e súplicas voltassem com força. Mas o túnel estava em silêncio. Aos poucos o corpo da criatura foi sendo consumido por chamas de um vermelho intenso. Krule se apoiou sobre um dos joelhos e agradeceu Artanos. Sentia uma grande alegria e nenhuma dúvida restava em seu coração, a missão estava terminada. Com a espada iluminando o caminho iniciou uma nova jornada, aguardando o que o destino teria para lhe mostrar.

O cheiro de piqces invadiu o quarto e o padre rapidamente se colocou sentado na cama. Sentia dores em todos os músculos. No punho esquerdo uma cicatriz negra. Somente depois que saiu do túnel percebeu o estrago que o soco do corpo seco tinha feito. Ainda assim estava extremamente feliz. Os relatos é que todos os doentes se recuperavam e Nopta respirava aliviada.

— Não imaginei que pudessem fazer danos físicos — Aegrum estava sentado em uma poltrona de couro avermelhado no canto do quarto. Foi o druida que ajudou Krule a sair do poço e desde então visitava o padre com frequência para saber de seu estado.

— Mal consigo mexer o braço.

A porta se abriu e a jovem entrou. Krule massageou as têmporas, a cabeça ainda doía bastante.

— Então é melhor não tentar — Inshara colocou a sopa de peixe no colo do padre.

Um barulho animado escorregava pela porta para dentro do quarto.

— Vejo que a pousada está cheia — o padre já se preparava para a primeira colherada.

— Não de hóspedes, você é nosso único. A fama de vila amaldiçoada ainda persiste, — disse com ironia — porém o salão está cheio, temos tido um bom movimento.

— Nem mesmo Trebl?

— O gnomo saiu apressado sem dizer uma palavra — ela pensou por um instante — sujeito estranho aquele.

— Inshara venha cá — chamou Reskel.

Sorridente ela saiu pela porta e foi para o salão do Ostra ajudar seu pai com os clientes que enchiam o balcão e as mesas.

O druida se aproximou de Krule, ajoelhou-se e segurou a mão do padre.

62

— Aceite minhas desculpas. — Aegrum carregava reverência em sua voz — Em meu desespero falei coisas injustas para você. Saiba que você mudou para sempre a forma como vejo o mundo e a partir de hoje carrego uma fé renovada no novo e no estrangeiro. E aqui digo que ajudarei Reskel a construir uma igreja para Artanos, pois a dívida que temos com o Deus do Combate e com você vai além de religiões e crenças. Vocês salvaram nossas vidas.

Um breve aperto de mão e o druida se retirou.

O padre levantou-se e foi até a janela, sentia-se mais forte e logo poderia partir. A estátua de Olubante estava sozinha na praça, um vigia sem olhos. Krule segurou o amuleto partido em sua mão, refletindo sobre os acontecimentos dos últimos dias e agradeceu a Artanos pela maneira como vivia sua vida. Jogou os pedaços de metal pela janela e colocou um dos martelos feitos por Smings ao redor do pescoço. Era o momento de partir.

O cavalo seguia sem condução, Krule segurava as rédeas, mas não era necessário. Pois o animal retornava para casa. Para o estábulo de Oulan. O velho norethang estava na varanda de sua casa, acenava com um sorriso.

— Uma bela surpresa ver você por aqui — disse enquanto saltitava para abrir o portão — Também é bom ver você, padre.

Os dois apertaram as mãos.

— Soube das notícias, — o velho deu uma piscadela — você salvou a vila. É um grande feito.

— Não teria feito nada se não fosse por Artanos.

— Vocês padres, ah, tenha orgulho de si, poucos conseguiriam realizar seu feito — Oulan bateu nas costas de Krule — tenho um guisado de piqces e um pouco de vinho, o que acha?

Krule sorriu e depois gargalhou.

— Depois de tudo, isso é o que mais me surpreende. Agradeço o convite, mas não aguento mais comer piqces.

3

Os cavalos foram o primeiro sinal de que algo não estava bem. Sob o sol forte, quatro sombras dançavam na estrada de terra. Os arreios balançando sem comando, olhos arregalados de terror, os animais passaram por ele e sumiram. Com um movimento das pernas, Varr ordenou que seu cavalo, Flamen, aumentasse a velocidade.

A estrada fazia uma leve curva para o Sul e por isso não era possível ver muito à frente do caminho, não demorou para que o paladino pudesse sentir o cheiro da fumaça e ouvir o perturbador silêncio.

Enquanto sua montaria fazia a curva, conhecia o cenário que encontraria. Carroças destruídas, guardas feridos... Não, pelo silêncio estariam todos mortos. Mais um ataque de salteadores de estradas, os saqramans, como eram chamados pelos povos de Breasal. Um dos grandes perigos de viajar pelas estradas que cortavam o continente eram os saqramans, ladrões e assassinos que não mediam esforços para conseguir o que desejavam. Podiam ser contratados ou simplesmente pessoas que queriam enriquecer à custa dos outros, o certo é que era difícil ter uma estrada segura.

Uma carroça ardia em chamas, a outra estava intacta, dois guerreiros caídos na estrada de terra e o terceiro tinha muito sangue sobre o peito, contudo respirava, ainda restava um frágil sopro de vida em seu corpo. Tentava gritar palavras de socorro, tudo que conseguia eram sussurros.

O paladino desceu com um salto de seu cavalo e examinou o moribundo. Um corte profundo em seu estômago era a causa do sangue. Na maioria dos casos seria fatal, mesmo assim Varr iniciou um curativo. Um paladino da Justiça não desiste facilmente. Buscou em seu equipamento por um pequeno frasco esverdeado, tirou a rolha e derramou o líquido transparente sobre um pano limpo, colocou sobre o ferimento e prendeu tudo com outro tecido, que se enrolava sobre o tórax do guarda. Depois que o sangue estancou carregou o sujeito até a grama verde que crescia ao lado da estrada, o colocou ali e se ajoelhou ao seu lado.

Um longo suspiro, fechou os olhos e com a mão direita sobre o curativo invocou o nome de Haure, o deus da Justiça. Pediu para que ele salvasse mais uma vida que injustamente escapava. Rezou com ardor e fé. Mesmo sendo ditas em voz baixa, era impossível não perceber o poder daquelas palavras.

O Sol já encostava na linha do horizonte quando o guarda abriu seus olhos.

— A carroça — balbuciou — eles não podem chegar até ela.

Ele tentou se levantar, mas Varr o segurou e logo caiu em um sono profundo. O paladino cuidou para que o guerreiro estivesse confortável e verificou se o curativo estava bem colocado.

Suas atenções então se voltaram para os guardas mortos, um humano e um anão. Não levavam símbolos ou brasões, as cotas de malha destruídas e tudo indicava que foram derrotados sem muita resistência. O paladino procurou por suas armas, avistou um machado ao longe e se existia outra arma não conseguiu ver. Com gentileza, o paladino cuidou dos ferimentos, limpou o rosto dos guerreiros e fechou seus olhos. Sentiu seu corpo reclamando por descanso, mas ainda tinha muito por fazer.

Era preciso escolher com cuidado, cada pedaço de madeira, cada encaixe deve ser perfeito e existe um ritual a ser seguido. A lua já caminhava há um bom tempo no céu quando Varr terminou. Restava uma última coisa, o paladino procurou na carroça em chamas por uma arma, encontrou uma maça. Benzeu a arma e a colocou ao lado de um dos guardas. É um costume antigo os guerreiros levarem suas armas para o portão de Darkhier. Não pelo perigo, mas porque acreditam que a arma, o artefato que protege sua vida, faz parte de sua alma.

O fogo refletia nos olhos do paladino que encarava as duas piras iluminarem a noite. Para os devotos de Haure o fogo é o único que se comporta da mesma maneira com todos os povos. Não importa se você é rei, guerreiro ou trabalhador, tudo que restará são as cinzas. Depois de terminado, Varr descansou o que a lua lhe permitiu.

O amanhecer encontrou o guarda consciente e com as forças restabelecidas.

— O que aconteceu aqui? — Varr perguntou enquanto repartia um pedaço de pão com o guarda.

— Saqramans — a palavra saiu acompanhada de raiva — malditos! Estávamos preparados. Sabíamos que o ataque viria — lamentava-se. — Não compreendo como fomos derrotados.

— A vida sempre nos reserva surpresas e nunca estamos preparados para o que ainda não conhecemos — o paladino mordeu o pão. — O que tinha naquela carroça?

Ele apontou para uma carroça mais à frente da estrada, que, apesar das marcas de fogo, se mantinha em pé. Seu interior, feito de metal polido, refletia a luz sol. Lembrava muito um cofre e o paladino não tinha dúvidas que o seu propósito era o mesmo. Algo de muito valor tinha sido levado dali.

— Não falaram para nós — ele olhou para o ferro derretido — mais um dos cuidados que tiveram que não resultou em nada — disse a contragosto o guarda — os saqramans foram sem hesitar para aquela carroça, o metal de nada adiantou diante das magias do mago.

— Já vi acontecer — Varr lembrou-se de quando ele e os Basiliscos fugiram de uma cela usando a magia de Estus para derreter as barras — mas isto não parece obra de saqramans. A outra carroça está intacta e se tudo aconteceu como você diz, eles tinham conhecimento dos planos e da carga que vocês levavam.

— Definitivamente — o guarda se agitou — não tivemos nenhuma chance contra eles.

— E onde está o resto da caravana?

— Não sei — ele olhou em volta, como se ainda não tivesse se dado conta de que ele e o paladino eram as únicas pessoas ali. — Acredito que foram atrás dos bandidos.

O paladino examinou as cercanias, olhou demoradamente para o solo, procurando marcas e mais pistas do que se passara na estrada. Varr não era um perito em seguir trilhas e nem precisaria, pois era claro que um grande número de pessoas tinha seguido para o leste, desviando-se da estrada.

— Eles têm uma vantagem muito grande, será impossível alcançá-los — o paladino montou em seu cavalo. — O melhor que temos a fazer é seguir viagem e rezar por seus companheiros. Qual seu destino?

— A caravana deveria seguir até Nelf.

— É o meu destino, gostaria de uma carona?

— Obrigado — o guarda parecia desanimado — contudo vou retornar para minha casa, em Teraf. Devo-lhe minha vida. Como posso recompensá-lo?

— Aproveite sua vida e agradeça Haure sempre.

Os dois se despediram com um aperto de mão, Varr conduziu seu cavalo para o sul, rumo a Nelf, de volta para casa.

Seu corpo estava cansado da viagem, mas a sensação de estar de novo em casa valia qualquer esforço. Sua montaria ficou sob os cuidados do dono do estabelecimento, Goken, um velho conhecido, e naquele momento deveria estar sendo alimentado e recebendo água. Flamen era seu companheiro inseparável de aventuras e merecia todos os mimos que Varr poderia dar. Para ele, pediu à atendente que trouxesse um sanduíche de garrut, tiras de porco fermentadas na cerveja, e um copo de vinho. Recostou-se na cadeira e apreciou a vista. Soprava uma leve brisa na varanda do Folha Seca. A igreja de Haure erguia-se por sobre todas as outras construções, a mais alta da cidade, seu desenho assimétrico era resultado de várias ampliações feitas à medida que a cidade e a força da religião da Justiça cresciam.

A moça de cabelos loiros deixou o vinho e o sanduíche sobre a mesa, o aroma era espetacular, e perguntou se ele desejava algo mais. Varr agradeceu e disse que aquilo seria suficiente, deu uma moeda para a atendente que saiu saltitante de alegria pela bela gorjeta que ganhara. Logo na primeira mordida sentiu a pimenta no garrut, um gosto que sempre lhe traz lembranças de casa.

Já não lembrava há quantos anos repetia este mesmo ritual. Quando retornava de uma longa viagem a primeira coisa que fazia ao chegar a Nelf era sentar tomar um copo de vinho acompanhado de um sanduíche garrut. De alguma forma aquilo lhe trazia conforto, acalmava seu coração e alegrava sua alma.

Depois de sair da mercearia seguiu diretamente para a igreja. Recebeu a convocação de Mestre Araman na cidade de Duca, bem ao norte do mundo, que pedia por sua presença em Nelf para tratar um assunto de extrema importância. Apesar da urgência do chamado, Varr não abria mão de seu pequeno ritual, seu Mestre compreendia perfeitamente.

Araman é o chefe da igreja de Haure, seu avatar, o representante do deus da Justiça em Breasal. Receber um chamado do Mestre é uma honra para poucos e Varr já tinha recebido alguns, por isso o paladino cavalgava alegre e orgulhoso pela rua.

Passando pelo grande arco de entrada entregou as rédeas de Flamen e seus pertences a um noviço e atravessou o pequeno jardim que levava aos aposentos do Mestre. Varr sabia que para assuntos de extrema urgência Araman preferia usar seus aposentos particulares ao invés de sua sala no prédio principal da igreja.

A pequena casa de pedra era usada antigamente como depósito de grãos, mas Araman requisitou que ali fosse feita sua morada. O avatar do deus da Justiça sentia grande afeição pelo pequeno jardim dos fundos da igreja e desejava ficar mais próximo de suas flores.

A porta estava fechada, os anos que se conheciam e experiências que passaram juntos permitiam que Varr tivesse liberdade para bater na porta fechada e talvez interromper Araman. Dois leves toques, mas não houve resposta. O paladino esperava por isso, logo após o almoço o Mestre normalmente passeia pelo jardim para ver como estão suas flores. Varr seguiu pelo estreito caminho que serpenteava pelas árvores. Não foi preciso muitos passos para avistar Araman, concentrado em um canteiro de bromélias. Ao ver o paladino sorriu e se levantou.

— Varr, que bela surpresa — afastou os longos cabelos brancos do rosto, a cicatriz em sua testa estava mais vermelha que nos anos anteriores.

— Mestre, — o paladino fez uma breve, porém solene, saudação — perdoe minha demora.

— Como estava o garruk?

— Perfeito como sempre.

— Caminhe comigo — disse Araman despedindo-se de suas flores com um sorriso. — A razão pela qual te chamei de forma tão urgente é porque estamos sendo atacados — o Mestre sempre era direto em seus discursos — não sabemos ainda por que ou por quem, mas não existem dúvidas de que se trata de um ataque.

— Estas são notícias terríveis, o que aconteceu? — o paladino ouviu alguns rumores.

— As relíquias — disse com pesar o avatar — estão atrás das relíquias de Haure. Igrejas saqueadas em Olkstad, Corki e Fendar. Perdemos as três relíquias que estavam guardadas nessas igrejas — o paladino recordou das lendas que envolviam as relíquias, objetos usados pelo próprio Haure e de grande poder. — Em uma tentativa desesperada tentei transportar a relíquia de Corteses para cá, mas a caravana foi atacada no caminho.

Alguma coisa chamou a atenção de Varr.

— Pode me dizer mais alguma coisa sobre o ataque à caravana?

— Duas carroças, uma revestida de ferro, fortemente guardadas — Araman parou para retirar a folha seca de uma planta. — Recebemos uma mensagem de que os ladrões levaram tudo, somente um sobrevivente.

— É impossível, — exclamou Varr — seria coincidência demais.

— Coincidências não existem, somente a vontade dos deuses.

— Eu estive com o sobrevivente — o Mestre levantou as sobrancelhas grisalhas diante destas palavras, mas sem muita surpresa. — Encontrei-o quase morto na estrada, graças a Haure consegui ajudá-lo.

— Sempre no lugar certo, no momento certo, — Araman indicou um banco de madeira que ficava entre as roseiras — vamos descansar um pouco.

— Toda a situação foi muito estranha — disse Varr enquanto se sentava.

— O estranho é sempre bom.

— Sem dúvida, as duas carroças estavam lá, mas somente uma delas fora atacada, a outra permanecia intacta. Não foi a ação de saqramans e com certeza não foi um assalto comum.

— E os guardas?

— Não estavam lá, parece que foram ao encalço dos ladrões.

Araman respirou aliviado ao saber que talvez os guardas estivessem vivos. Mas logo seu rosto se fechou em aflição.

— Eu deveria ter enviado você para essa missão.

— Não faria diferença, — o paladino encolheu os ombros — seja quem for, sabia muito bem o que fazer. A proteção de ferro foi completamente destruída por magia. Levaram um mago só para cuidar disso. Mesmo que eu estivesse acompanhado dos Basiliscos, seria uma missão extremamente difícil.

— Tudo que restou foi o elmo de Haure que está aqui em Nelf, a última relíquia. Precisamos fazer alguma coisa, — o Mestre retirou um lenço de seu bolso e passou pela testa para limpar o suor, o Sol estava forte — quero que você siga para Corteses. De acordo com seu relato, infelizmente temos que supor que alguém de nossa própria Igreja nos traiu. Poucas pessoas sabiam que traríamos a relíquia para cá — o avatar ficou pensativo. — Faça o que for necessário para recuperar a relíquia, se ela já saiu da cidade, descubra onde está e a traga de volta. Não podemos deixar que nos ataquem dessa maneira, chegou o momento de reagirmos.

Varr ajoelhou-se e Araman colocou as mãos sobre sua cabeça. Mais uma vez a Justiça precisava de sua ajuda. Não importava o cansaço, era o momento de iniciar uma nova jornada.

— Eu te abençoo por Haure. Que a justiça governe seu coração, paladino.

Varr fechou os olhos e abaixou a cabeça agradecendo a benção e se afastou, deixando um preocupado Araman rodeado por suas flores e árvores.

O noviço seguia na frente, o corredor era estreito e era preciso desviar das tochas que iluminavam o caminho, seus passos curtos logo pararam diante de uma porta. De seu bolso tirou uma chave longa e fina enegrecida pela ferrugem. Com um barulho seco, a chave girou e a porta se abriu. O aposento era diminuto, um catre e uma mesa de madeira com um banquinho. Assim que passou pela porta um cheiro forte agrediu as narinas de Varr.

— A janela dá para os estábulos — explicou o noviço diante da careta do visitante.

Tudo que Varr pode fazer foi acenar com as mãos para que o noviço não se preocupasse, não seria um incomodo. No entanto, depois que o noviço saiu e o paladino ficou sozinho, fechou a cortina e franziu o nariz, seria difícil dormir com aquele cheiro.

Já esperava por essa recepção. A justificativa que Araman deu para Qash, o encarregado da igreja de Corteses, era de que Varr estava ali para supervisionar o trabalho dos noviços e procurar por candidatos ao posto de paladino. Apesar de aceitar prontamente as ordens de seu avatar, Qash não gostou nem um pouco de ter alguém de fora xeretando seus domínios. Na prática ele faria tudo que estivesse a seu alcance para atrapalhar a missão de Varr.

Depois de devidamente instalado, o paladino seguiu para a sala dos copistas, um velho hábito que adquiriu por conta da insistência de Estus e Rusc. Corteses era a única igreja que ainda mantinha a tradição de ter copistas e fazer livros da forma antiga. A visita do paladino era uma forma de lembrar a época em que os copistas tiveram um papel fundamental para o funcionamento do mundo e para a luta que ele e seus amigos travaram para que as coisas mudassem e Breasal fosse um lugar mais justo.

Uma construção com janelas amplas onde a luz do sol entrava em abundância, oito mesas ocupadas por escribas experientes e duas por noviços que eram iniciados na delicada arte de reproduzir um livro. Varr ficou observando um velho gnomo, usava grossos óculos e os dedos manchados de tinta, a mesa era alta e inclinada, deixando o pergaminho em branco próximo do seu nariz. Do lado direito, um livro antigo com desenhos belíssimos. Pelo que pode compreender, o livro estava escrito na língua dos gnomos, tratava-se de um ensaio sobre as marés. O velho escriba traduzia o livro para a língua comum, o maktar, e sua preocupação era somente o texto. Em uma segunda etapa outro escriba faria os desenhos. Um processo demorado e que antigamente, antes de Meiev[4], trazia terríveis consequências. Os copistas detinham o controle do que estava escrito nos livros e uma alteração no texto original poderia mudar a história, a vida e feitos de um rei ou rainha ou uma tradição.

Por mais fascinante que o trabalho dos escribas fosse, e Varr tinha grande interesse nele, sua missão era descobrir como os ladrões sabiam sobre a caravana. Como foi possível que a luva usada por Haure, a relíquia de Corteses, já não estivesse mais em posse da igreja da Justiça.

Em um primeiro momento teria de observar o cotidiano da igreja, conhecer seus moradores e o seu funcionamento. A ideia de Araman de colocar Varr em contato com os noviços era perfeita. Além de serem mais suscetíveis a perguntas, adoram quando recebem atenção. Os noviços executam inúmeras ta-

---

[4] Para saber um pouco mais sobre Meiev leia o livro *Três Viajantes*.

refas para os membros mais graduados, desde trazer uma jarra d'água até levar recados confidenciais. E talvez alguma dessas tarefas pudesse ser a pista que Varr procurava. Contudo, se quisesse ainda recuperar a relíquia precisaria agir rápido, com sorte ela ainda estaria na cidade, mas o paladino tinha certeza de que ela não ficaria por muito mais tempo em Corteses e, uma vez na estrada, seria extremamente difícil recuperá-la.

Durante a refeição noturna, entre uma colherada e outra de sopa, Varr percebeu que um dos noviços, um humano franzino e com um ralo cavanhaque, olhava insistentemente para ele. Talvez fosse uma oportunidade. Terminou sua refeição e tentou seguir o jovem, mas o noviço seguiu para o dormitório.

Pela manhã, mesmo depois de uma noite muito mal dormida por conta do mau cheiro e barulho dos animais, Varr estava disposto. Após o desjejum o paladino foi convocado para uma audiência com Qash. Não sem surpresas o superior da igreja de Corteses o deixou esperando um bom tempo, mas finalmente a porta se abriu e a entrada foi permitida. Qash estava sentado em sua mesa, orgulhoso, aguardava que o paladino fizesse a devida reverência.

Varr lentamente se colocou sobre um dos joelhos e assentiu com a cabeça.

— Então Araman enviou você para saber se estou fazendo meu trabalho corretamente — disse o elfo, que tinha os olhos espremidos e verdes como esmeraldas.

— Senhor Qash, Mestre Araman confia em seu trabalho e minha visita tem somente o propósito de buscar por novos paladinos — Varr tentava ser o mais cordial possível, mas era claro que as coisas entre ele e Qash não eram amistosas. — Mestre Araman sabe que em Corteses temos noviços capazes, preparados adequadamente e por isso bons candidatos.

— A última coisa que eu preciso é alguém agitando os noviços com promessas de aventuras. Faça seu trabalho de forma discreta e não interfira na minha igreja — disse com desdém o elfo.

— Minha presença não será notada.

Com um movimento de cabeça Qash indicou a porta para Varr. O paladino novamente fez uma reverência e saiu. Caminhava desanimado pelo pátio central quando viu o noviço descarregando alguns barris de vinho. Fazia o trabalho sozinho.

— Deixe que eu te ajudo — disse o paladino pegando um barril.

— Muito obrigado — quando o noviço baixou o barril e percebeu quem estava o ajudando, seus olhos quase saltaram do rosto tamanha surpresa — Varr!

Um breve silêncio se fez antes que o noviço saísse do estado de choque.

— Perdão, senhor, — nada mais que um sussurro — eu posso cuidar do trabalho.

— Realmente não tenho dúvidas de que o possa fazer, mas uma ajuda sempre torna o trabalho mais leve e prazeroso.

— Realmente, senhor — o noviço olhava o chão timidamente.

— Quantos anos está conosco, jovem? — Varr pegou mais um barril e começou a levá-lo até a cozinha, não era muito longe.

— Há dois anos, senhor — apesar do corpo franzino o noviço carregava o barril com facilidade.

— Pretende seguir conosco? — estavam de volta à carroça.

— Sem dúvidas, senhor — o noviço corou.

— Isso é muito bom, precisamos de jovens dispostos a defender a Justiça.

— O senhor está à procura de paladino, certo?

— Entre outras coisas — as notícias correm rápido e Varr precisava usar isso a seu favor.

O paladino percebeu que o noviço estava ansioso para perguntar alguma coisa, por isso decidiu continuar com o trabalho em silêncio até que o jovem reunisse a coragem suficiente para falar. Não demorou muito.

— O senhor faz parte dos Basiliscos, não?

— É verdade.

— Por Haure, quantas histórias e aventuras o senhor deve ter para contar — o jovem até parou de trabalhar. — Gostaria de um dia também pertencer a um grupo que viaja por toda Breasal enfrentando perigos. Poder participar de uma aventura.

— Sabe, meu jovem, talvez Haure esteja sorrindo para você hoje. Estou precisando de ajuda e acho que você pode ser a pessoa certa. Qual o seu nome?

— Chamo-me Stoghia, senhor.

— É um prazer — o paladino ofereceu a mão para o noviço que logo a apertou. — Gostaria de fazer um serviço para mim?

— Seria uma honra, senhor — Stoghia tinha um sorriso largo como seu rosto.

— Fico extremamente feliz em poder contar com você — Varr pegou mais um barril, faltavam apenas quatro. — Vamos terminar isso e te direi o que você precisa fazer.

O noviço rapidamente pegou um barril e continuou seu trabalho, alegre como nunca tinha ficado na vida.

O movimento era hipnotizante, o escriba deslizava a pena pelo pergaminho com extrema leveza, seu pulso fazendo pequenos ajustes para corrigir o curso da tinta. Era a segunda visita de Varr aos escribas e sua admiração aumentava a cada instante. Acompanhava as ilustrações finais em um livro que narrava uma das aventuras dos Penas Prateadas, o maior grupo de aventureiros que já existiu. Os Penas estavam em Peneme e desafiaram as terríveis criaturas conhecidas como Qenari[5]. As cores vibrantes e o traço forte eram perfeitos para o texto.

Seguiu até a sala de estudos, quase todos os noviços reunidos para receber os ensinamentos sobre a religião da Justiça e como tornar Breasal um mundo mais justo. Varr escutava e lembrava como a vida se torna mais complicada e as decisões daquele que decide trilhar o caminho da Justiça não podem ser tomadas com base no que o velho tutor dizia. Sorriu. Não importava como, pela experiência ou ensinamentos, no fim Haure indicava o caminho certo e ao final a Justiça era feita.

O paladino olhava a todo instante para a janela, combinou com Stoghia que se o noviço passasse pelo pátio em direção ao estábulo era sinal de que tinha novidades. O escriba terminou mais um pergaminho e Varr decidiu seguir até a biblioteca. A paciência estava terminando.

Por ainda ter um grupo de copistas ativo, a biblioteca da igreja de Corteses guarda pequenos tesouros. Livros que nunca foram produzidos em grande quantidade e textos raros que foram esquecidos nas estantes. Os passos imprecisos e impacientes de Varr o levaram até a biblioteca.

A construção ficava na ala leste, pedras claras formavam um cubo com grandes vãos por onde a luz passava. O teto era feito de vitrais coloridos e as estantes de madeira escura. Algumas mesas para estudo estavam dispostas em um círculo e havia velas em pequenos suportes de prata para quem quisesse estudar pela noite.

O leve roçar da pena sobre o pergaminho era o único som no recinto. Varr foi caminhando com cuidado, um gnomo debruçava-se sobre um livro e rabiscava ferozmente. O paladino achou a situação estranha, não se lembrava do gnomo e agora

---

[5] Para conhecer esta história leia o conto Qenari no livro *A Ira dos Dragões*.

já conhecia todos os padres dali. Somente padres de Haure ou superiores podiam consultar livremente os textos da biblioteca e como o gnomo estava sem supervisão, talvez fosse melhor averiguar o que se passava.

Tentou memorizar os detalhes da capa, gostaria de consultar aquele livro depois, e se aproximou.

— Saudações — disse o paladino.

O gnomo olhou assustado, rapidamente fechou o livro e protegeu suas anotações com as mãos. Com um movimento brusco pegou livro e pergaminhos e saiu sem dizer uma palavra. Varr sorriu, conseguiu ver um detalhe na capa de couro que tornaria possível identificar o livro mais tarde. Havia um selo de três serpentes entrelaçadas na lombada.

Não se importou com a atitude do gnomo, que seguisse seu curso. O mais importante era que o livro permanecia na biblioteca. O paladino desviou os olhos para o pátio e para seu contentamento Stoghia caminhava levando um fardo de feno.

Com passos rápidos venceu os corredores estreitos que levavam ao seu quarto. Não sabia o que Stoghia poderia revelar, mas pressentia que poderia ser algo valioso. Não encontrou ninguém em sua caminhada e subitamente notou que a igreja normalmente estava vazia, era difícil encontrar pessoas pelos corredores. Um fato incomum que merecia sua atenção.

Abriu a porta e tomou o cuidado de virar duas vezes a chave para trancá-la. O noviço já se encontrava dependurado na janela. Exalava orgulho.

— Eu consegui — disse eufórico.

— Calma! E fale baixo, as paredes podem ouvir — Varr sentou-se na banqueta. — O que aconteceu?

— Bolnorm, o encadernador — Stoghia colocava a mão sobre a boca — tem agido de maneira estranha.

— O que ele fez? — Varr desanimou, provavelmente não era nada demais, deveria ser apenas a ansiedade do jovem.

— Ele tem saído muito da igreja e deixado seu posto de trabalho aos cuidados de seu assistente — Stoghia sussurrava.

— É uma irresponsabilidade, é verdade, — o paladino não pareceu muito animado e frustrou o noviço — mas pode ser que Bolnorm esteja resolvendo algum problema na cidade, teremos de investigar mais. — diante do desânimo de seu aprendiz, Varr resolveu animá-lo — Fez um bom trabalho, meu jovem.

Apesar do último incentivo, Stoghia desmanchou o sorriso e se dirigia para o fardo de feno para terminar a tarefa de alimentar os cavalos.

— Uma última pergunta, — o noviço se virou contrariado — por que quando caminho pela igreja, encontro somente corredores vazios?

— A relíquia — o noviço constatou que seria necessário explicar. — Desde que a relíquia de Haure foi roubada, andam dizendo que a igreja está amaldiçoada e que é preciso prudência.

Este sim era um fato incomum.

— Quem disse que a relíquia foi roubada? — Varr estranhou o fato já que Mestre Araman determinou que o roubo não deveria ser revelado a ninguém.

Stoghia sorriu e novamente sentia orgulho.

— As palavras de precaução são de Bolnorm.

Varr também sorriu. Acabara de descobrir um traidor.

— Onde Bolnorm está agora?

— Em sua oficina.

— Certo, — o paladino tomou um gole de água — sabe se a igreja está recebendo algum visitante?

— Ouvi algo nas cozinhas — o noviço coçou a cabeça — não tenho certeza.

— Um gnomo, talvez.

— Sim, sim, Trebl é seu nome — as palavras soavam confiante — está aqui de passagem e pediu abrigo para o senhor Qash.

— Obrigado, Stoghia, você prestou um grande serviço para Haure.

— Senhor, não sei o que vai acontecer a seguir, mas gostaria muito de acompanhá-lo até o fim.

— Quem sabe em uma próxima jornada — Varr apoiou sua mão sobre o ombro do jovem. — Siga pelo caminho da justiça.

O paladino deixou o jovem Stoghia e rumou imediatamente para a oficina de Bolnorm. Não sabia o que poderia fazer lá, ainda não tinha um plano em sua mente, mas queria olhar o traidor nos olhos.

A oficina era bem iluminada e mesmo com as janelas escancaradas, um cheiro de cola dominava o local. Assim que o texto era copiado, ele seguia para o encadernador, que era responsável em transformar os pergaminhos em livro. Para que o processo funcionasse, o encadernador era chamado para dizer ao copista como o trabalho deveria ser feito. Não bastava simplesmente copiar do início ao fim, era preciso ter uma ordem específica, às vezes primeiro as páginas ímpares, às vezes pulando de quatro em quatro, para que no final o livro tivesse a ordem correta. Depois os pergaminhos eram dobrados, costurados e colados. Por último o livro recebia sua capa.

Quando Varr entrou, Bolnorm orientava seu assistente para que a capa, de couro azulado, estivesse alinhada perfeitamente com o miolo do livro. O encadernador era um anão, as costas levemente encurvadas e os cabelos escuros bem cortados. Usava um tipo de óculos com lentes grossas para ver com precisão os detalhes da manufatura dos livros. Assim que viu o paladino sorriu e escorregou os óculos para fora do nariz. Por um brevíssimo instante Varr duvidou que aquele sujeito simpático pudesse ser um traidor.

— É você, Varr, por favor, aproxime-se, — Bolnorm assinalou com as mãos para que o paladino caminhasse até ele — presencie um momento simples, porém belo. Quase mágico.

Passando por caixas repletas de pergaminhos, baldes de cola e pedaços de couro, o paladino chegou até Bolnorm.

— Alinhe bem, Sarrad — dizia o encadernador para seu assistente colocando os óculos sobre o nariz — não queremos estragar todo o trabalho agora. Desça com gentileza.

Uma estrutura de madeira segurava o miolo na parte de cima, embaixo a capa estava esticada aberta, o centro marcado por uma generosa linha de cola. Girando uma manivela o assistente fazia o miolo descer até encontrar a cola.

— Maravilha — exclamou Bolnorm — excelente trabalho. Amanhã estará terminado e teremos criado mais um livro. Preservamos o conhecimento que servirá para muitas gerações — olhou para Varr — é um trabalho gratificante o que fazemos aqui.

— Sem dúvida é — o paladino sorria. — Gostaria de saber se poderíamos conversar um pouco?

— Claro, qualquer dúvida que tenha sobre a oficina basta me perguntar. Estou às ordens.

Com um olhar Varr mostrou ao assistente que aquela era uma conversa que ele não deveria presenciar, então Sarrad saiu com passos apressados.

— Ouvi rumores de que esta igreja está amaldiçoada — arriscou o paladino — algo sobre a relíquia ter sumido. Você sabe de alguma coisa?

— Bom — Bolnorm guardou os óculos no bolso do casaco — somente o que ouvi de noviços assustados. A relíquia foi roubada e é um presságio de que Haure está descontente conosco.

— Você acredita em tais rumores?

— Tudo que sei é que a relíquia não está mais no local de costume — o encadernador deu de ombros — não poderia dizer mais que isso.

— É verdade — Varr achava que talvez tudo não passasse de uma perda de seu tempo, mas resolveu arriscar uma coisinha — de qualquer forma podemos ficar tranquilos, logo a relíquia estará em seu lugar mais uma vez.

— Você sabe de alguma coisa? — Bolnorm tentou, mas não conseguiu esconder um leve desconforto.

— Não, mas Haure sempre está olhando por nós — colocou a mão sobre o ombro do encadernador. — Seu trabalho com os livros é realmente maravilhoso.

Não era difícil caminhar por Corteses sem ser notado. A cidade era um grande mercado, pessoas de toda Breasal vinham ali para fazer negócios. Por estar localizada no centro do continente se tornou uma referência. O movimento de carroças carregadas de iguarias, pessoas levando objetos, a gritaria de ofertas e as disputas pelo melhor preço transformavam as ruas em uma eterna multidão em movimento. Varr caminhava sem se preocupar muito se Bolnorm perceberia sua presença. Além da confusão da rua, nenhuma vez o encadernador olhou para trás ou para os lados para ver se alguém o seguia. O que demonstrava que ou ele era confiante ou a conversa com o paladino o tinha deixado extremamente preocupado.

Nem mesmo a chuva atrapalhou o passo ritmado de Bolnorm, que atravessou todo o centro da cidade e agora seguia por um bairro mais calmo, o que preocupava Varr. As ruas quase vazias poderiam ser um problema e o paladino se tornava um alvo fácil de ser reconhecido. Contudo de repente Bolnorm parou.

Abriu o portão de ferro e entrou no jardim que levava até uma pequena casa de madeira. Varr aproveitou o instante e correu até entrar em um beco do outro lado da rua. Protegido pelas sombras poderia observar as ações do encadernador sem perigo.

Bolnorm deu duas batidas na porta que logo se abriu. O anão entrou. Imediatamente Varr saiu de seu esconderijo, atravessou a rua, pulou o muro e correu até a casa. Descobriu que uma das janelas laterais estava aberta e sem titubear pulou para dentro da construção. Uma pequena sala com poltronas e lareira, a porta estava aberta e ele buscou proteção em um armário no canto do cômodo. Podia escutar vozes vindo da outra sala.

— Você não entende — era Bolnorm — eles sabem de alguma coisa. Corremos perigo.

— Fique tranquilo — a outra voz não era de ninguém que Varr conhecesse — logo virão buscar a relíquia e tudo estará bem. É impossível que saibam de alguma coisa.

O paladino agradeceu a Haure. Ainda não era tarde demais, a relíquia estava ali.

— Há alguns dias um paladino chegou à igreja — Bolnorm novamente — dizem que veio recrutar noviços, mas é claro que sua missão tem a ver com a relíquia.

— Não importa, o que um paladino poderia fazer?

— É Varr.

O silêncio que se seguiu encheu o coração de Varr de orgulho.

— Temos que agir rápido — a voz desconhecida não parecia tão confiante agora — a relíquia não pode ficar aqui. Vou chamar os senhores da Ordem...

Ele não conseguiu terminar a frase e por um instante ficou olhando para o paladino que surgiu à sua frente.

Assim que Bolnorm viu a espada de Varr, correu pela porta e saiu da visão do paladino. Varr tentou segui-lo, mas o som de uma espada sendo desembainhada o alertou. O dono da voz desconhecida era um elfo e a primeira coisa que percebeu foi sua habilidade com a espada. Foram três ataques, dois contidos, mas o terceiro acertou o braço esquerdo. Varr olhou para a lâmina da cirdavi, a espada curva típica dos elfos, vermelha com seu sangue. O contra-ataque do paladino foi feroz, a cada instante Bolnorm ficava mais distante, precisava sair dali o quanto antes. Mas o inimigo lutava bem, não seria fácil passar pelo elfo.

A troca de golpes seguia intensa e o ferimento no braço de Varr começava a doer terrivelmente. De repente o elfo cometeu um erro, seu ataque foi mais longo do que deveria e sua guarda ficou aberta. Com um potente golpe Varr jogou a arma do oponente para longe. O elfo pensou por um instante, avaliou o que poderia ser feito e então fugiu.

Enquanto corria pelas ruas de Corteses, Varr sabia que Bolnorm tinha ganhado tempo para fugir. A relíquia que esteve tão perto escapou por entre seus dedos. Mas agora o inimigo tinha um nome, o elfo não precisou terminar a frase, Varr sabia que os ataques só poderiam vir de um lugar, a Ordem da Salamandra. Tudo fazia sentido agora. E o paladino não descansaria enquanto não os derrotasse.

Rumou para a igreja para pegar seus pertences, sua montaria e iniciar a perseguição ao elfo. Quando chegou lá ainda tinha esperanças de encontrar Bolnorm, talvez o patife quisesse pegar alguma coisa antes de fugir. Mas no caminho até seu quarto nada indicava que algo estranho tivesse acontecido. A dor no braço aumentava.

Quando o paladino abriu a porta de seus aposentos encontrou Stoghia sentado em sua cama. O rosto do rapaz sangrava.

— Por Haure, o que aconteceu com você?

— Eu estava no estábulo, senhor, quando Bolnorm surgiu — parecia que o noviço sentia muita dor ao falar — ele estava transtornado, gritava ordenando um cavalo, seus olhos quase pulando do rosto — Varr oferece um lenço para limpar o sangue — obrigado, senhor. Eu tentei impedi-lo, lutamos, mas eu falhei. Tudo que consegui foi arrancar a mochila de suas costas, antes que Bolnorm saísse em disparada pelo portão. Desculpe, senhor.

Mas Varr já não estava ali para escutar as desculpas do noviço. O paladino pulou pela janela e agora estava ajoelhado entre os cavalos. Remexendo em uma pequena mochila de couro jogada no chão.

— Bravo Stoghia! Bravo!

A sala estava vazia, somente um dos leitos ocupado. Um venerável padre trocava os ferimentos no rosto do jovem Stoghia. Suas mãos enrugadas não tinham perdido a habilidade e logo o noviço estaria recuperado. Varr fez um breve aceno de cabeça e o curandeiro entendeu o sinal e deixou os dois a sós.

— Vejo que logo estará pronto para outra aventura — Varr continuava o trabalho do padre.

Uma grande cicatriz começava sobre o olho direito, passava pelo nariz e terminava na bochecha esquerda do rapaz.

— Senhor, pode contar comigo — o noviço tentou se levantar — não é tão ruim quanto parece. Já estou bom.

O paladino acalmou o jovem segurando seu ombro.

— Tenha paciência. Antes da próxima batalha é prudente se recuperar. Logo seguirei minha jornada, preciso retornar a Nelf — sentiu o desânimo se apoderar do noviço. — Mas fique tranquilo, falarei com Mestre Araman sobre seus feitos e se o conheço bem é quase certo que você, jovem Stoghia, será convocado a Nelf.

O noviço não conseguia conter o sorriso.

— Creio que está tudo terminado — Varr levantou-se — até logo, Stoghia. Espero que nos encontremos em outra jornada.

— Relações comerciais da vila de Nopta com a aldeia Uktla.

Diante da reação do paladino, Stoghia decidiu explicar.

— O livro que o gnomo Trebl estudava na biblioteca.

Varr sorriu.

— Que a justiça governe seu coração, noviço.

O paladino saiu pela porta, rumava para Nelf, rumava para casa.

Sobre a mesa de Mestre Araman estava a bainha de uma adaga. Decorada com opalas e prata era uma peça única, a relíquia da igreja de Corteses. Usada pelo próprio Haure. O avatar contemplava o objeto com seus olhos serenos.

— Como estava o garrut?

— Bom como sempre — respondeu Varr.

— Temos uma grande dívida com você, paladino.

— Mestre, eu teria falhado em minha missão se não fosse pela intervenção de Stoghia — o paladino sorriu ao lembrar-se do jovem.

— A mesma dívida temos com ele — Araman tocou a bainha com delicadeza — os dois fizeram um ótimo trabalho — olhou pela janela o jardim. — Gostaria que minha única preocupação fossem as flores — suspirou o Mestre. — É uma pena que Bolnorm tenha nos traído, seu trabalho era maravilhoso. Sentirei falta de seus livros.

— Ele estava com a Ordem da Salamandra, eu sempre o alertei sobre aqueles fanáticos.

— E eu falhei em não escutá-lo, mas de agora em diante as coisas serão diferentes com a Ordem — Araman guardou a relíquia em um pequeno baú.

Varr trocava o curativo em seu braço, o ferimento estava quase curado quando um noviço surgiu na porta do quarto. Trazia uma mensagem dos Basiliscos. Uma nova aventura esperava pelo paladino e ele sabia que logo estaria, mais uma vez, comendo um sanduíche de garrut.

4

O lugar cheirava a cerveja barata e confusão. Em um canto, três sujeitos tocavam instrumentos musicais, era difícil reconhecer música no som que produziam, em várias mesas aconteciam jogos e não era raro um grupo de jogadores explodir em socos e xingamentos. E ainda assim um bom observador repararia na mesa com um velho humano, um gnomo e um goryc.

O humano chamava-se Estus e tinha o cabelo cinza como nuvens de uma garoa, uma barba menor que o pescoço cobria seu rosto e pelas manchas de tinta em seus dedos podia se ver que era um mago. De Ligen, o gnomo, só era possível ver os ombros e o rosto, era preciso muito concentração e esforço para observar qualquer outro detalhe. Como se Ligen estivesse em uma sombra profunda ou uma névoa encobrisse seu rosto. Contudo seus olhos eram marcantes, vivos e penetrantes, pareciam ser capazes de ver tudo em um único instante. A pele escura de Wahori seria o suficiente para destacá-lo de todos, aquela região do mundo estava longe de sua terra natal na ilha de Alénmar, o cabelo negro trançado era preso com pequenas peças de osso, outra característica dos gorycs. Mas o que realmente chamava a atenção era o enorme machado de duas mãos que carregava preso em suas costas.

O ato do goryc feria todas as normas de cortesia. Não se deve portar armas em uma taberna. Contudo, ali naquela pequena vila, poucas pessoas teriam coragem de reclamar. Wahori sabia disso e esse pequeno detalhe fazia o guerreiro sorrir.

A mesa tinha três copos de vinho e um cozido de carne de cervo e as palavras eram ditas com cuidado.

— Belo lugar você escolheu, Estus — o gnomo sorria.

— Vi um cartaz sobre a banda, achei que poderiam ser bons — o humano ergueu seu copo em direção aos músicos.

— O cozido é comível — Wahori servia-se de mais uma porção.

Essa mesa poderia ser apenas mais um encontro de amigos. Poderia, se os três amigos não fizessem parte do grupo conhecido como Os Basiliscos. Um dos mais famosos grupos de aventureiros de Breasal, donos de feitos incríveis e respeitados por todos.

— Seu raciocínio está certo, quanto mais gente, mais barulho, maior a chance de não escutarem nossa conversa, — o gnomo olhou para a banda — mas precisava escolher um lugar tão barulhento?

Estus retirou seu cachimbo e o acendeu.

— Eles permitem fumar.

— Todas as tavernas permitem fumar — Ligen se arrependeu de responder a isso diante do sorriso do mago.

— Você guarda seu cachimbo já pronto? — Wahori limpou molho da boca.

— Eu tinha preparado o fumo para mais cedo, mas não tive oportunidade.

— Não importa — Ligen parecia irritado. — O que fazemos aqui?

— Você está correto — Estus apagou o sorriso — temos um assunto complicado para tratar. Vocês conhecem o gnomo Trebl?

— Candidato a ser o próximo Mago da Torre Verde?

— Precisamente — o mago assoprou a fumaça para longe — ele encontra-se aprisionado com um bando de saqramans.

— Espere um momento — Ligen se curvou para mais próximo de seus amigos — você está me dizendo que o próximo

Mago da Torre Verde, um dos responsáveis por cuidar da magia em Breasal, foi capturado por simples assaltantes de estrada?

— Exato — Estus deixou seu cachimbo sobre a mesa — Trebl está machucado, sem seu grimório e não existe a menor chance de escapar sem ajuda.

— O que aconteceu com ele? — o goryc foi obrigado a aumentar sua voz, a banda tocava animada.

— Trebl estava no deserto de Tatekoplan, — o mago limpava seu cachimbo — salvo engano perto das montanhas quando algo o atacou. Não sei precisar exatamente o que, mas o fato é que o gnomo não perdeu a vida por muito pouco. Tentando fugir, encontrou o tal bando de saqramans que não teve problemas em dominá-lo e aprisioná-lo.

— O que ele fazia no deserto?

— Esta, meu caro Wahori, é uma das perguntas que gostaria de responder.

— Como soube que Trebl estava preso? — Ligen serviu-se de cozido.

— Nada escapa às Torres de Magia — respondeu Estus sem muita vontade — o Mago Verde me chamou e pediu meu auxílio na questão.

— Então está confirmado, Trebl será o novo Mago Verde — Wahori olhou para a banda, alguém tinha jogado algum tipo de comida no sujeito que tocava a rabeca.

— Os Magos não são tão simples assim, tudo indica que Trebl é um forte candidato para ocupar o lugar da Torre Verde, mas já desisti de entender os velhos — era assim que Estus chamava os quatro Magos das quatro Torres de Magia. — Pode ser que tudo mude e esse resgate não tenha relação com a sucessão.

— Não vejo grandes dificuldades, onde ele está? — o goryc encheu a boca de carne.

— Nos arredores de Gram — Estus mais uma vez buscou por sua bolsa de fumo e começou a preparar o cachimbo.

— Um simples bando de saqramans você poderia resolver sozinho. Não precisaria de todo esse teatro de nos trazer aqui e tudo mais. Qual é a armadilha? — Ligen olhou para o mago.

— Bom, primeiro que não quero que ninguém mais saiba da coisa, segundo — Estus acendeu o cachimbo novamente — acho que poderíamos aproveitar a situação em sua plenitude e terceiro — o mago sorriu — quero ver a cara do gnomo quando souber que fui eu quem o salvou.

Wahori e Ligen não se importaram em perguntar como fariam isso, já conheciam o mago muito bem para saber que estava fazendo somente uma pausa para dar mais dramaticidade às palavras.

— Trebl nunca será grato por o termos salvado. Contudo, podemos usar o desespero de um mago para reaver seu grimório. Creio que Trebl nos contará tudo que sabe para ter novamente nas mãos seu precioso livro.

Os três companheiros se olharam e tudo que podia se ouvir era a música, o burburinho das vozes e Estus soprando sua fumaça. Depois de alguns instantes, Wahori decidiu dizer alguma coisa.

— Creio que a gratidão por salvarmos sua vida não seria o suficiente para Trebl nos revelar seus segredos.

— Se o gnomo cedesse à gratidão, não seria o próximo mestre da Torre Verde.

— Poderíamos tomar posse do grimório e trocar pelas informações que necessitamos.

— Poderíamos, — Estus sorriu — mas eu estava pensando em uma manobra um pouco mais sutil, Wahori.

Os três deram risada e pediram mais uma rodada de vinho.

— Talvez pudéssemos torturá-lo com estes músicos — sugeriu Ligen.

Novas risadas. Quem olhasse para a mesa não pensaria que aquilo fosse outra coisa que não um grupo de amigos bebendo e se divertindo. Nem mesmo os mais astutos poderiam perceber que talvez um fato importante do futuro do mundo estivesse sendo decidido ali. Pois se os Basiliscos não agissem, o favorito ao posto na Torre Verde talvez acabasse morto e os rumos da Magia poderiam ser outros.

A música continuava animada, a cerveja fluía pelo salão e, à medida que a Lua avançava no céu, começavam a surgir os primeiros problemas. Algumas brigas agitavam o local quando um humano de barba negra bateu com força no ombro de Wahori. O goryc se levantou e ainda assim o humano era pelo menos um palmo mais alto.

— É descortesia portar armas em uma taberna — ele empurrou Wahori com força — retire seu machado, por favor.

Os três se surpreenderam com a forma polida do homem e com o cheiro de álcool que exalava de sua boca. Wahori encarou o sujeito bem fundo nos olhos negros, não demonstrava nenhuma expressão peculiar em seu rosto e, sem desviar os olhos, levou seu punho para trás e o arremessou contra o rosto do homem.

O homenzarrão deu três passos para trás, bateu contra o balcão e caiu sentado. O nariz torto e o sangue escorrendo por sua boca e queixo. Imediatamente Wahori empunhou seu machado, Ligen levantou-se armado de duas adagas e Estus ficou em pé com seu cachimbo na boca. A música parou, os copos ficaram sobre as mesas e ninguém ousou se mexer. Sem deixar de encarar os espectadores, Wahori retirou dinheiro de seu bolso e deixou na mesa. Já com as armas guardadas, os Basiliscos saíram do bar sem serem incomodados.

A música ressurgiu e os copos voltaram a subir para descerem vazios.

A choupana estava em péssimo estado, tábuas soltas e os poucos vidros intactos sujos de poeira, o teto também precisava reparos. Os três companheiros olhavam com desinteresse para o local. No passado já tinham sido surpreendidos por situações que aparentavam ser simples. Na verdade, chegaram a quase perder a vida em aventuras como esta. Sem importância, sem perigo, mas que revelam serem letais. Porém, os Basiliscos eram teimosos e era necessário algo muito grave para mudar sua conduta, por isso estavam ali.

— Fazemos isso da forma sutil ou da forma divertida? — perguntou Wahori sorrindo e balançando seu machado.

— Do jeito certo. Vamos resolver logo essa questão — Estus sentou-se na grama e abriu um livro sobre os joelhos — Ligen, vá até lá e salve Trebl.

O gnomo olhou para Wahori, levantou os ombros e as sobrancelhas e seguiu para a choupana. O goryc, apesar de aborrecido, resignou-se e esperou. Estus continuou lendo seu livro sem grandes preocupações.

Não demorou muito para que Ligen surgisse pela porta acenando a seus amigos. Estus fechou o livro, guardou-o em sua bolsa e caminhou com Wahori em direção à choupana. O gnomo sorria e tinha um leve corte no antebraço.

O lugar era escuro, a luz quase não conseguia passar pelas janelas encardidas. Os três caminham sem dar muita atenção aos dois elfos e ao humano amarrados e amordaçados no chão. Os móveis todos no lugar davam a impressão de que não houve luta alguma. Os saqramans provaram que não eram um desafio à altura do gnomo. Ligen apontou para uma escada que leva a uma porta subterrânea. Estus pede para que os outros esperem, antes de descer pega uma chave com Ligen.

Os degraus são estreitos e o mago avança com dificuldade, a chave entra suavemente na fechadura. Um estalo e a porta se abre.

O gnomo estava deitado em um monte de palha suja, respirava com grande dificuldade e sua roupa estava manchada de sangue. O rosto tinha cortes profundos, Estus levantou a camisa de Trebl e constatou que os cortes se espalhavam por todo o corpo. Não conseguia compreender como o gnomo ainda estava vivo. Olhou rapidamente pelo cômodo antes de chamar seus amigos.

Os companheiros levaram Trebl para fora, deitaram-no com cuidado na grama. Wahori foi atrás de água, Ligen começou a preparar uma fogueira e Estus buscou por algumas ervas em sua bolsa. Entre os Basiliscos os grandes curandeiros eram Varr e Krule, mas depois de tantos anos se aventurando pelo mundo, cuidar de ferimentos era algo rotineiro e com a experiência e observação os outros Basiliscos se tornaram curandeiros razoáveis.

— Já vi ferimentos de todo tipo — Ligen se aproximou de Trebl, a fogueira já ardia — mas este é a primeira vez. Parece que ele foi mastigado por um enorme animal.

— Sim, veja isso — Estus apontou para os cortes nas costelas — são simétricos. Concordo que tenham sido feitos pela mandíbula de algum animal.

— Ou vários — Wahori retornava com o cantil cheio.

— Não sei como ele conseguiu sobreviver — Ligen pegou o cantil e despejou a água no pequeno recipiente de metal que estava sobre o fogo.

— Se não nos apressarmos, logo não teremos mais este mistério para resolver — Estus selecionou algumas folhas e jogou na água.

A fumaça levemente esverdeada indicou que a infusão estava pronta. O mago buscou por um pano e com paciência limpou todos os cortes com o remédio. Faixas foram colocadas.

As ervas se mostraram poderosas, pois não foi preciso esperar muito para que Trebl conseguisse beber um pouco de água.

— O que aconteceu? — o gnomo abriu os olhos.

— Encontramos você com um grupo de saqramans, mas você não precisa mais se preocupar com eles.

— Estus, é você? — mesmo debilitado era possível distinguir desprezo na voz do gnomo.

— Sim, Trebl — e apesar de tentar dissimular, a alegria percorria as palavras do mago.

— Onde está meu grimório, preciso do meu grimório.

— Infelizmente não o encontramos.

— Ligen? — Trebl tentou se levantar, mas não conseguiu — todos os Basiliscos estão aqui?

— Não, somente eu, Ligen e Wahori.

— Eles roubaram meu grimório! — Trebl se agitou — Malditos! Eles me roubaram!

— Acalme-se — Estus segurou o gnomo que tentava a todo custo se levantar — você precisa repousar.

— Deixe-me em paz — para surpresa dos três, Trebl estava de pé — você não sabe do que eu preciso.

Era visível que demandava um grande esforço para ficar em pé e até mesmo falar, mas ele o fazia. Sem compreender, os companheiros viram o gnomo caminhar lentamente até a choupana. Era evidente que Trebl não acreditara na palavra dos Basiliscos e queria ver com os próprios olhos se o grimório realmente não estava lá.

Estus olhou para Ligen que fez um sinal positivo e colocou a mão sobre sua bolsa.

A luz do Sol refletia na brancura do chão e atrapalhava a visão, o calor partia os lábios e era comum surgirem feridas na pele por causa da areia. É impossível dizer que criaturas habitam o deserto, mas ninguém tem dúvida do quanto elas são letais. Um lugar terrível para se estar. Assim é Tatekoplan.

Contudo os monstros não eram o pior inimigo que encontrariam no deserto. O calor era implacável e não existia arma capaz de derrotá-lo. A única coisa a fazer era tentar sobreviver a ele. Usam capas que os protegiam do Sol, mas a desidratação era violenta e precisavam parar muitas vezes, pois as pernas perdiam as forças.

— Se alguém ouvisse minhas palavras e viajássemos pela noite, teríamos uma jornada mais rápida e tranquila.

— Eu disse antes, precisamos do calor do Sol para nos protegermos dos vermes, à noite sem o calor eles no devorariam em instantes — Estus usava um cajado para se apoiar durante a caminhada, suas pernas eram as que mais sofriam.

— Como você pode ter certeza disso? — sempre que possível Trebl questionava as palavras de Estus.

— Eu já estive aqui e foi assim que sobrevivi — o mago buscou por seu cantil. — Mas, se não acredita, sinta-se livre para caminhar um pouco à noite. O exercício fará bem para você.

Trebl resmungou e seguiu seu rumo. Para desespero do gnomo, durante a noite eles permaneciam sobre uma pedra que encontraram pelo caminho, com os pés longe da areia, descansando, comendo e bebendo. A viagem só era retomada quando o Sol estava alto e o calor insuportável, quando os vermes que habitam as areias do deserto ficam nas profundezas e não vêm até a superfície para se alimentar. Foi o que Aetla ensinou a Estus.

Mesmo as condições extremas não atrapalhavam a recuperação do gnomo. Era impressionante, suas forças voltavam rapidamente e, se não fosse pela ausência de seu grimório, Trebl estaria pronto para enfrentar qualquer desafio. Contudo um mago sem seu livro de magias é como um guerreiro sem a arma. E o provável novo mestre da Torre Verde precisava de ajuda. Uma situação que o gnomo detestava com todas as suas forças, mas era obrigado a aceitar.

Estus avaliava cada movimento de Trebl, não conseguia compreender como o gnomo se recuperava tão rápido dos ferimentos. No estado que o encontraram era preciso dias de cama, bons curandeiros e cuidados ostensivos para se ter uma chance de despistar a morte. Mas Trebl recusou qualquer coisa que não fosse iniciar imediatamente a viagem a Tatekoplan para encontrar seu grimório. Mesmo para os três experientes Basiliscos a jornada era cansativa, mas Trebl estava sempre os instigando a seguirem em frente.

Acamparam em uma pedra alta e irregular, apenas um risco do Sol permanecia no horizonte. Com uma magia simples, Estus criou mais água para seus companheiros enquanto Ligen e Wahori preparavam uma fogueira para assar a caça da noite passada.

— Nem mesmo uma magia simples como esta posso realizar — Trebl olhava para o cantil cheio de água fresca.

— Nossa dependência de um livro é algo para se pensar, não? — Estus molhou o rosto sujo de poeira.

— Ainda não compreendi como souberam de minha situação e porque me salvaram — mudou rispidamente de assunto.

— Estávamos na cidade quando Ligen ouviu relatos de seu cativeiro e decidimos que poderíamos ajudá-lo — Estus respondeu sem dar importância — o que vamos fazer exatamente nas montanhas?

— Não são montanhas — disse Trebl com um sorriso.

Wahori colocou uma criatura azulada em um longo espeto e pôs sobre o fogo.

— O que é isso? — perguntou o gnomo.

— O que foi possível fazer — Wahori olhava para o lagarto de escamas azuladas.

A refeição estava longe de ser das melhores, mas era o suficiente para alimentá-los. O resto da noite foi de descanso, pelo menos foi o que tentaram fazer, o frio era intenso e os urros de monstros quebravam o silêncio a todo instante. Tatekoplan não era um lugar para se estar mais do que o necessário.

A luz forte os acordou e sobreviveram a mais uma noite em companhia dos vermes. Mesmo Estus não tinha certeza se não ter contato com a areia era o suficiente para evitar as criaturas.

As montanhas também eram uma grande incógnita, poucos davam atenção a elas. Eram como duas pontas de lança negras que cortavam o horizonte longínquo, abandonadas e esquecidas. A única razão para estarem nos mapas era servirem de referência em uma região onde não havia outra opção.

Caminharam durante todo o dia e as sombras já começavam a se alongar. Era o momento de procurar por um lugar para passarem a noite em segurança.

— Não vamos conseguir — o pessimismo de Wahori era tão firme como a pedra que precisavam encontrar para se proteger.

— Não estamos tão longe, — Ligen olhava para as montanhas — com uma corridinha podemos chegar antes do anoitecer.

— Corridinha? — Estus ofegava tentando acompanhá-los.

Não havia outra alternativa, ao redor encontravam apenas a areia branca de Tatekoplan, nada que pudesse manter os vermes afastados. Apressaram o passo, precisavam chegar até as montanhas a qualquer custo. Permanecendo ali estariam perdidos.

O alívio que sentiram quando o calor diminuiu era um aviso de que o tempo se esgotava. Avançar exigia um tremendo esforço, contudo, como Ligen disse, as montanhas se aproximavam e talvez eles tivessem uma chance.

— Como é a entrada? — Ligen tomou a dianteira.

Agora podiam ver as montanhas com detalhes, suas reentrâncias e pequenos pontos esverdeados pela vegetação, logo estariam seguros. Porém, o Sol já encostava no horizonte e o frio os abraçava.

— Existe uma trilha que começa ali — Trebl apontou para o lado direito de uma das montanhas.

Ligen levou o grupo na direção indicada pelo gnomo. Estus seguia por último, lutando para respirar e fazer com que suas pernas se movessem. Então o mago sentiu, como há tantos anos antes, o chão tremer. Antes que as palavras saíssem de sua boca a areia explodiu e a criatura apareceu.

Um verme, gigantesco, com inúmeros olhos e o corpo coberto de pelos escuros. Urrava e sua boca cheia de fileiras de dentes afiados desceu com velocidade na direção de Ligen. Ele rolou para o lado e escapou de ser devorado por inteiro. Wahori puxou seu machado e até Trebl parou em posição de luta.

— Não acredito que estou vendo um bicho desses mais uma vez[6] — Estus resmungou. As montanhas estavam realmente perto e o mago não hesitou. — A corridinha! A corridinha! — ele puxou Ligen e Wahori pelos ombros.

Trebl demorou um instante para entender o que acontecia. Os Basiliscos corriam por suas vidas. O verme mergulhou na areia e preparava um novo ataque. O gnomo se juntou aos outros e também corria pelo deserto. A areia se agitou e logo o monstro mais uma vez tentava abocanhar um deles, Wahori desviou o perigo com um golpe de seu machado.

De repente a areia branca deu lugar a rocha escura. Conseguiram. Estus se sentou e respirava com dificuldade, não aguentaria nem mais um passo.

---

[6] Para saber sobre a outra vez que Estus encontrou um verme de Tatekoplan leia *Três Viajantes*.

— Barbaridade — Estus bebeu um longo gole de água. — Nunca mais quero visitar este maldito deserto.

Wahori e Ligen também estavam esgotados, mas não perdiam a chance de rir diante da situação do amigo. Trebel permanecia de pé, os encarando.

— Vocês são vergonhosos. Os grandes Basiliscos fugindo como simples fazendeiros que viram uma fera em seu pomar — as palavras do gnomo eram carregadas de escárnio.

— Nem sempre podemos ser os heróis que esperam que sejamos, às vezes temos apenas que sobreviver e... — Estus parou por um instante suas atenções se voltaram para o solo. Passou os dedos pela rocha. — Quem diria, vulcões.

— Vulcões? — Wahori também analisava a rocha — Nunca vi qualquer relato sobre isso. Todos esses anos aqui, bem diante de nossos olhos. Estão inativos há muitos anos — Wahori usava uma adaga para raspar a rocha.

— Milênios. — disse Trebl sem muita paciência — Mas em alguns pontos ainda é possível sentir o calor, — o gnomo olhou para o cume — um dia eles voltarão a demonstrar sua força.

A trilha serpenteava pela montanha, levando os viajantes ora à beira do precipício, ora passando por galerias que entravam fundo na rocha. Trebl liderava o grupo e a cada passo parecia ficar mais forte, como se os vulcões lhe dessem força. Estus olhou para a bolsa de Ligen e coçou a barba.

De repente o gnomo parou. Estavam em uma parte aberta da trilha entre duas paredes de rocha altíssimas. Em uma das paredes um rasgo delgado surgia do alto e parava um pouco antes do chão, uma passagem, um humano teria dificuldade em entrar por ela.

— É aqui. Meu grimório está lá.

Estus se aproximou do gnomo.

— Seguimos você até aqui sem fazer nenhuma pergunta e estamos dispostos a enfrentar o que quer que habite aquela caverna para te ajudar. Mas seria de grande cortesia de sua parte se você pudesse nos revelar o que aconteceu, o que atacou você.

O gnomo ponderou por um instante. Um fio de suor escorria por sua testa.

— Dentro daquela caverna existe um grande lago, por razões que desconheço a água é gélida — limpou o suor com as costas da mão — poderemos tentar contornar o lago, mas...

— Existe uma terrível criatura que ataca todos que colocam os pés lá dentro — interrompeu Ligen com um grande desânimo — como sempre.

— Precisamente — disse Trebl contrariado.

— O que mais pode nos dizer? — insistiu.

— Creio que você parece saber mais do que eu — o gnomo encerrou o assunto.

— Sem seu grimório e ferido — Estus se dirigia a Trebl — creio que o melhor seria você esperar aqui.

Para certo espanto de Estus o gnomo prontamente concordou e afastou-se, procurando um local para descansar.

Wahori empunha seu machado e se ajoelha, faz uma breve prece, as tranças de seu cabelo negro encobrem o rosto, os ossos presos nas pontas dos longos fios representam os inimigos que tombaram diante de sua arma.

Ligen buscou por seu amuleto, um velho cadeado preso em seu cinto e esfregou os dedos no metal. Verificou suas adagas e começou a abrir e fechar as mãos, aumentando a velocidade a cada instante, depois moveu a cabeça de um lado para o outro, alongando o pescoço. Fechou os olhos e respirou profundamente.

Estus consultou seu grimório uma última vez, guardou seu cachimbo e coçou a cabeça olhando para a entrada da caverna.

Foi até o goryc e o cumprimentou com um aperto de mão, seguiu até o gnomo e saudou o amigo com o mesmo gesto.

O ritual que faziam antes de enfrentar um grande desafio.

Os três Basiliscos se olharam e acenaram positivamente, sem hesitar seguiram com passos firmes para o interior do vulcão.

O local era frio, surpreendentemente frio, e tudo que podiam ver era graças aos poucos raios de luz que se arriscavam enfrentar a escuridão passando por fendas no alto da caverna. Alguns passos depois da entrada uma pequena plataforma de pedra se formava, à frente o vazio, um enorme precipício os separava da água. Pela direita um estreito caminho levava ao lago. Estus indicou a Wahori que iria se aproximar da borda e com a ajuda do goryc se inclinou para examinar o local. As águas escuras permaneciam calmas, a parede de rocha era formada por inúmeros sedimentos, leves diferenças de tonalidade marcavam os inúmeros tipos de rocha que estavam ali. Estus sorriu ao ver que um dos sedimentos, o mais claro de todos, carregava uma tênue coloração esverdeada.

O mago caminhou alguns passos pela trilha e chamou seus amigos para desceram um pouco pelo caminho. Os três companheiros se reuniram.

— Pode retirar o grimório de Trebl de sua mochila, Ligen. Já sei o que o gnomo fazia aqui.

— Só isso? — disse o gnomo um pouco decepcionado retirando o livro.

— Trebl está atrás de olhos de serpente — sentenciou o humano.

— Como pode ter certeza? — Wahori tentava olhar para baixo.

— Minha primeira suspeita surgiu com os vulcões. — Estus se apoiou em uma pedra — O olho de serpente é uma das poucas gemas que necessita do calor de vulcões para ser criada pela natureza. A água gelada e o traço de coloração esverdeada nos sedimentos reforçam minha teoria — o humano pensou por um instante — e mesmo que eu esteja errado, descobrir olhos de serpente será tremendamente mais vantajoso do que qualquer outra coisa que Trebl possa querer por aqui.

— Olhos de serpente — murmurou o goryc se aproximando cada vez mais da borda — as gemas mais raras e cobiçadas que se tem notícia.

— E o estúpido do Trebl acha que com eles garantirá seu posto na Torre Verde — o mago parecia decepcionado.

— Dizem que tem poderosas propriedades e se trata de um ingrediente magnífico para poções — continuou o goryc.

A cada palavra Wahori inclinava mais seu corpo à frente para tentar ver a parede de rocha que descia até o lago. Seus olhos já estavam acostumados ao escuro e podia distinguir pequenos reflexos da luz se mexendo lá embaixo, presumiu que fosse a água. De repente os pequenos pontos luminosos começaram a se agitar. O goryc puxou seu machado, flexionou os joelhos e retesou os músculos. Escutou o som de algo saindo da água e quase não desviou do ataque. Depois de rolar para o lado, o goryc conseguiu ver um enorme tentáculo, as ventosas de um verde intenso, voltando para a lagoa.

— Parece que seu desejo foi ouvido, Ligen — sorriu Wahori — a coisa não será tão fácil como Estus esperava.

Eles escutaram a água se agitar, tentáculos se seguram na borda da plataforma de pedra e um urro ecoou pela caverna. O rosto lembrava um pássaro, porém o bico guardava dentes afiados, coberto por uma pele esponjosa escura e enrugada que parecia ser bem maior do que o corpo. Wahori imediatamente atacou e seu machado cravou fundo em um dos tentáculos da criatura, mas a pele era extremamente flexível. A lâmina não chegou a cortar. Ligen arremessou uma adaga, mas a arma afundou na pele e caiu no chão sem nada causar no monstro.

— Saiam, saiam — gritou Estus.

Wahori e Ligen sabiam o que aquele movimento de mãos significava, Estus preparava uma magia e os dois se afastaram para se proteger. Das mãos do mago uma chama começou a se formar, a luz foi rapidamente tomando conta da caverna e um rastro de fogo se fez no ar. A bola de chamas atingiu o corpo da criatura, um guincho indicou que o ataque tinha sido eficiente.

Com uma rapidez inesperada ela contra-atacou. Wahori foi arremessado com violência contra a rocha e caiu desnorteado. Ligen teve apenas um instante para agir, o raio disparado pela criatura pegou de raspão em seu ombro e imediatamente uma grande quantidade de sangue começou a fluir. Estus nada pode fazer quando um tentáculo abraçou a sua cintura e o levantou no ar. Sem estabilidade para os movimentos, seria difícil conjurar qualquer magia.

— Ligen, saia daqui — gritou Estus com dificuldade, o tentáculo apertava cada vez mais seu corpo.

— Precisamos... — o gnomo tentou se aproximar do mago, mas foi atingido por um golpe que o jogou para trás.

Estus tentava se soltar, mas o monstro o mantinha sempre em movimento e o mago não conseguia a concentração necessária para usar suas magias. Suas veias estavam saltadas e o rosto cada vez mais vermelho. Sabia que não tinha muito tempo antes de perder os sentidos. Wahori tentava se recuperar, o potente golpe embaralhou seus pensamentos. Com o apoio da parede consegue se colocar em pé, busca por seu machado e corre em direção a Estus.

— Xuatê! — o grito de guerra Goryc ecoou pela caverna. Wahori pulou em direção ao inimigo.

Balançou seu machado e atacou com fúria o tentáculo. Para surpresa de todos, especialmente da criatura, a lâmina entrou fundo na carne. O monstro urrou, a dor fez o tentáculo perder sua força e Estus conseguiu se soltar. Dos olhos do inimigo um raio de energia saiu veloz em direção a Wahori, porém o guerreiro desviou do perigo.

Com a ajuda do goryc o mago consegue caminhar e os dois seguem para a entrada. No caminho, Wahori coloca Ligen nos ombros, o estado do gnomo é preocupante. O ferimento no ombro sangra uma barbaridade e o gnomo permanece inconsciente. Estus recupera o grimório de Trebl, que estava no chão, e eles passam pela saída antes que o monstro possa fazer qualquer coisa.

O calor do lado de fora é tão intenso e a luz tão forte que ficam desorientados por um instante, mas seguem em frente até chegarem ao improvisado acampamento onde Trebl os espera. Wahori deita Ligen no chão, o ferimento é terrível. A pele está toda queimada e é como se a carne tivesse derretido. O goryc pega em sua mochila uma atadura e pressiona contra o ferimento, tentando estancar o sangue, mas logo o pano está empapado e o líquido transborda por entre seus dedos. Estus procuram por alguma coisa que possa ajudar seu amigo, revira frascos e tenta pensar em alguma solução.

— Encontraram meu grimório? — Trebl não dá a menor atenção para o companheiro caído.

— Tome — Estus joga o livro na direção do mago irritado por não poder fazer nada por Ligen.

Trebl pega o livro com cuidado, por um momento o observa, passa a mão pela capa, sentindo a aspereza familiar do couro e sorri. O gnomo se aproxima de Ligen, afasta a mão de Wahori e coloca a sua sobre o pano manchado. Fecha os olhos e murmura algumas palavras. Um pássaro passa sobre eles e foi como se o Sol tivesse falhado por um brevíssimo instante. Trebl se levanta e se afasta.

Um escorpião caminha pela rocha e se aproxima de Ligen, Wahori afasta o bicho com um leve tapa. Quando o goryc volta suas atenções para o amigo, ele está de olhos abertos. Sem muita dificuldade, Ligen fica de pé e, ao retirar o pano sujo de sangue, nada mais que uma cicatriz no formato de uma lua minguante.

— Você está bem? — Estus se aproxima para examinar o ferimento.

— Minha cabeça dói um pouco e estou com uma tremenda sede — Ligen faz uma careta por causa da claridade.

— Como é possível? — Estus olhou para Trebl.

O gnomo sorriu.

— No final, quem precisou salvar quem? — o escárnio estampado em cada palavra — gostaria que esta fosse a última vez que nossos caminhos se cruzaram, Basiliscos, mas sei que isso é impossível. Sua arrogância os leva a se meter em todos os assuntos, principalmente nos que não são chamados.

Uma leve luz azulada começou a circundar Trebl, sua imagem fraquejando até desaparecer. O gnomo teleportou-se sabe se lá para onde.

— Está bem mesmo? — Estus volta-se para o amigo.

— Sim, aparentemente é como se nada tivesse acontecido.

— É bom tê-lo de volta — Wahori cumprimenta o amigo — é raro ver um mago com tamanho poder de cura.

— Espero que tenha sido isto mesmo, uma cura, o que presenciamos aqui — murmurou Estus. — Por precaução vamos ficar atentos a qualquer sinal estranho.

O mago sempre desconfiava de Trebl e torcia para que as ações do gnomo não tivessem nenhuma consequência. Mas mesmo assim o humano estava impressionado com o poder do gnomo, jamais tinha visto tal feito realizado por um mago. Por Olwein, ele próprio não conseguiria fazer aquilo. Decididamente era preciso estar de olho nele, principalmente se realmente se tornasse o próximo Mago Verde.

— Acha que Trebl sabia de nosso pequeno esquema? — Ligen ainda olhava para a cicatriz no ombro.

— Não sei, — Estus buscava por seu cachimbo — mas aprendemos muitas coisas importantes nesta aventura e não me surpreenderia se ele soubesse — preparou o fumo e acendeu.

— Seja como for, conseguimos descobrir o motivo que o trouxe a Tatekoplan.

— Olhos de serpente — Wahori limpava seu machado — impressionante.

— Sempre imaginei que essa pedra fosse lenda, — Ligen mexia o braço procurando por algum resquício do ferimento, mas não sentia nada — mas gostaria de apontar outro detalhe. Pode ser que seja uma impressão, nada mais que isso, mas acredito que vi três criaturas do outro lado da lagoa. Agitaram-se quando Wahori atingiu a criatura.

Estus levantou uma das sobrancelhas.

— Três humanóides, tinham asas e estavam no teto, como morcegos — o gnomo pensou um instante — não sei, talvez tenha sido uma alucinação por causa do ferimento.

— Vulcões habitados? Seria possível? — Estus acendeu seu cachimbo — O importante agora é tentarmos descobrir o que ele está tramando. Se o deixarmos colocar as mãos no olho de serpente, será o próximo Mago Verde. E acho que não seria uma escolha justa. Trebl tem seus méritos, mas não deve ser escolhido simplesmente por caçar um tesouro. Ser um Mago de Torre é muito mais que isso.

— Então é de se esperar que ele retorne para tentar mais uma vez conseguir o olho de serpente nesta caverna — disse Wahori enquanto limpava a lâmina de sua arma.

— Improvável — o humano soprava a fumaça que era levada pelo vento. — Trebl deve ter se preparado muito para este combate. Não chegaria aqui para ser surpreendido por um imprevisto. Sabia exatamente o que enfrentaria e julgava saber exatamente o que fazer para obter sucesso. O gnomo deve ter outra opção, outra estrada a seguir e acho que é esta que ele vai escolher.

— O que devemos fazer? — Ligen arrumava suas coisas para a viagem.

— Não podemos fazer muito no momento — Estus se levantou — precisamos avisar os outros Basiliscos, qualquer notícia ou informação sobre as ações do gnomo devem chegar até nossos ouvidos. Precisamos estar preparados.

— Você sabe que o aviso de Verde sobre o sequestro de Trebl foi um recado — Wahori olhava para o mago.

— Sim, ele também não quer que Trebl ocupe seu lugar — Estus pegou sua bolsa — espero não desapontá-lo.

Os três amigos saíram caminhando, a viagem de volta não seria fácil. Tatekoplan nunca é fácil. Mas estavam alegres, sobreviveram mais uma vez e uma nova aventura se formava no horizonte, uma jornada que talvez reunisse todos os Basiliscos e isto sempre alegrava seus corações.

5

Podiam ouvir os passos no corredor, mas não sabiam quem os fazia. As tochas estavam acesas e nada atrapalhava a visão, porém o corredor permanecia vazio. Somente o som dos passos.

— Onde ele está? — Thueb procurava, mas não existia muito o que fazer. Além dele e do goryc não havia mais ninguém.

— Não sei, é a primeira vez que estou aqui — Wahori usava seu machado para bater nas paredes de rocha. — Talvez uma passagem paralela — sacudiu a cabeça. — Os Nazatul poderiam ter nos preparado melhor.

— Eles confiam em nós. Vamos, precisamos ir.

Seguiram pelo corredor e viraram à esquerda. Entraram em um grande salão, com várias mesas e longos bancos. Um refeitório. Quieto e sem movimento. Uma porta na parede oposta e outra menor na parede leste. O lugar estava vazio e nada indicava que alguém tinha recém passado por ali.

Em uma das paredes, a cerimônia de criação da Casa dos Espólios. O encontro dos reis Qetzau, do povo Goryc, e Morl, rei dos Norethangs e a promessa de esquecer as diferenças, as guerras, para proteger a tradição e cultura dos dois povos.

Wahori não hesitou e correu pela porta mais afastada. Não porque soubesse o caminho, mas por precisar mostrar que sabia mais que o outro. Talvez sua decisão colocasse em perigo a caçada, a missão que os Nazatul tinham dado para ele. E não é que ele não se importasse com isso, na verdade seu coração tinha sido completamente entregue para defender a Casa dos

Espólios e a memória que ela preservava. Contudo seu orgulho era algo que não conseguia domar.

Corredores, portas, salões e saletas. O som persistia e nada mais conseguiam perceber.

— Vamos tentar por aqui...

— Espere, espere — Wahori fez sinal para o norethang fazer silêncio. — Escute, é sempre do mesmo jeito.

— São passos, é normal que sejam ritmados.

— Não em uma corrida, em uma fuga, tem algo estranho — o goryc diminuiu a velocidade.

— Não podemos parar — Thueb passou pelo goryc — temos uma missão.

— Falsos! — Wahori correu na direção oposta.

Thueb por um instante pensou em abandonar o goryc, seguir seu instinto e prender o ladrão que desafiava a Casa dos Espólios. Mas agora serviam a Casa e enquanto estivessem agindo em nome da Casa deveriam agir sempre em dupla. Um goryc e um norethang. Honrando o acordo feito tanto tempo atrás.

Contrariado seguiu o outro. Ao passar pela porta percebeu que os passos, o barulho dos passos, continuavam fortes e constantes. E naquele momento compreendeu que tinham sido enganados.

— Você está certo, Wahori — admitiu. — Temos que voltar e receber novas ordens dos nazatul.

— Não. Vamos pegar esse desgraçado — os olhos do goryc se mexiam sem descanso e sua mente corria para encontrar uma solução — precisamos ser mais espertos que ele.

— Não estamos diante de um ladrão comum — aos poucos Thueb se deixava levar pelas ideias do goryc.

— É astuto e está atrás de algo muito valioso.

— Sim, ele sabe exatamente o que veio roubar.

— E onde estariam tais artefatos?

— Eu não sei, mas sem dúvida o mais valioso é a Espada da Tempestade.

— Seu primeiro dono foi Haytan, goryc e pirata que aterrorizou a costa de Alénmar. Sua sede por riqueza não via povo ou reino, atacava tudo e todos que aparecessem em sua frente. Pegava o que desejava — era possível ver a empolgação em suas palavras. — Foi Esckar quem encurralou o navio de Haytan em uma enseada. Contam que foi uma grande luta, nos rochedos, os dois desafiando a fúria das ondas, o aço reverberando na imensidão do mar até que o pirata caiu. Quando Esckar empunhou a arma do pirata diante da multidão no dia do enforcamento, foi aclamado como herói. Sua tribo e seu poder cresceram assim como a lenda de sua arma. Quando a Espada da Tempestade surgia em um campo de batalha, dificilmente era derrotada. Em 1206 o domínio de Esckar era grande, quase tão grande quanto o reino Goryc atual.

— E ainda assim a Espada da Tempestade foi parar nas mãos dos notethang — apesar de achar estranho a longa explicação, Thueb não resistiu a fazer uma provocação ao goryc.

— Ela está aqui agora — tentou disfarçar, mas Wahori ficou incomodado com as palavras do norethang — e é um dos artefatos mais valiosos.

Os dois se encararam e dispararam na direção oposta, voltando para onde tinham iniciado a perseguição.

— O ladrão estava nos atraindo para longe do que deseja — Thueb sacudia a cabeça desapontado.

— Sim, fomos completamente enganados — Wahori ofegava.

Corriam com todas as forças, impulsionados pela vontade de corrigir o erro que cometeram e impedir que o ladrão levasse a melhor sobre eles.

Só diminuíram a velocidade quando encontraram dois guardas mortos. Sempre em dupla, um goryc e um norethang. Passaram a mão em suas testas em respeito aos mortos, mas não pararam.

À frente uma escada de degraus largos e ao final o portão de ferro e madeira arrebentado. Subiram o mais rápido que puderam e pararam diante da passagem aberta. Tudo em silêncio, as tochas apagadas.

— Temos um mago — disse Wahori ajoelhado sobre o mármore da escada analisando as marcas no ferro do portão.

— Além de guerreiros — o norethang olhou para trás onde estavam os dois guardas. — E também...

— Sim, um arqueiro — Wahori interrompeu seu companheiro — eu vi os ferimentos nos guardas. Apesar de que quatro pessoas seria um erro para um serviço como este. Aposto que os ferimentos foram feitos por adagas de lâmina fina arremessadas e não arcos, — pensou um instante — kuraqs eu diria.

Thueb concordou com o goryc e puxou seus martelos. Os mortos no corredor indicavam que os ladrões eram eficientes e letais. Os guardas poderiam ter sido neutralizados, não precisavam morrer. Todo o cuidado seria necessário. Wahori já estava com seu machado em punho, gostava de sentir o couro do cabo em sua mão e também imaginava que sua figura ficava mais imponente quando armado.

O caminho terminava em mais um portão de madeira e ferro arrebentado. Thueb parou um pouco antes, agachou-se ao lado da parede e com cautela tentou ver a frente.

Com os dedos indicou o número três, confirmando as suspeitas de Wahori. O norethang beijou a serpente e depois o lobo em suas armas, fechou os olhos e murmurou algumas palavras na antiga língua de seus antepassados.

Wahori ajoelhou-se apoiado em seu machado, a testa encostada na lâmina, lembrando-se de seus ancestrais. Sua mãe e seu avô, pedindo por sabedoria e coragem para enfrentar o combate que se aproximava.

Não foi preciso sinal ou qualquer arranjo, o instinto guiou os guerreiros e atacaram ao mesmo instante. Avançando lado a lado pelo corredor, esquecendo a lógica e o raciocínio, confiando suas vidas em suas habilidades e no ardor da luta.

A sala era mais ampla do que esperavam, teto alto e uma linha de colunas espaçadas divide o ambiente em dois espaços. A frente dois kuraqs tentavam abrir uma porta de madeira clara. No ambiente da esquerda o terceiro apenas observava o trabalho. Usava um capuz sobre o rosto e vestia uma túnica em farrapos. Agarrava-se a um cajado torto. A barba branca desgrenhada caía por sobre seu peito. Foi o primeiro a reagir. Encarou Wahori com seus olhos amarelados e balançou seu cajado pelo ar.

As sombras nas paredes e colunas se agitaram e por um instante uma luz esverdeada iluminou o lugar. De repente a sala estava repleta de corvos, como se as sombras tivessem ganhado vida em forma de aves horrendas. Elas atacaram o goryc que tentou se defender com seu machado, mas a lâmina atravessava as criaturas sem nada causar. Wahori esperou seu rosto ser dilacerado pelas garras e os olhos arrancados pelos monstros alados, contudo os corvos-sombra também passaram por ele sem nada fazer. Uma distração.

Quando se viu livre das criaturas era tarde demais. A lâmina da espada curva do kuraq cortava seu braço. Mesmo com pouquíssimo tempo conseguiu reagir e o goryc ainda tinha seu braço grudado ao corpo. Mas o corte cobraria um alto preço ao longo da luta. Tudo que Wahori pôde fazer foi recuar, cambaleando e buscando a parede por apoio, o machado caiu no chão.

Procurou por algo, qualquer coisa que pudesse usar e rasgou em pedaço de sua camisa enquanto Thueb lutava contra os dois inimigos. Amarrou no ferimento com força para tentar estancar o sangue. Não parou por completo, mas reduziu bastante. O corte foi profundo, não poderia usar o braço esquerdo, mas pelo menos poderia ajudar. Não seria a primeira nem a última vez que teria que lutar ferido.

Clarões azuis e vermelhos inundavam o corredor, a cada golpe os martelos de Thueb faiscavam nas cores dos olhos de seus animais. Mas, apesar da beleza das armas e das luzes, os golpes não conseguiam atravessar a boa defesa dos kuraqs. Um dos invasores levava uma espada de lâmina curva, agora manchada com o sangue de Wahori, e o outro usava um longo bastão com as extremidades revestidas de ferro.

Seguiam trocando golpes, os clarões de Thueb contra a precisão dos ladrões. Wahori apostava que o norethang poderia aguentar por um bom tempo. E era o que precisava para cuidar do mago, os anos de aventuras mostraram que sempre era preciso cuidar primeiro dos magos.

Por isso as atenções de Wahori estavam no terceiro kuraq. Ele permanecia ajoelhado, movendo as mãos de maneira ritmada e entoando alguma forma de cântico. Ainda não era possível perceber o que se passava ali, mas o goryc tinha certeza de que precisava detê-lo antes que a magia fosse concluída. Empunhou seu machado com o braço bom e correu para a batalha.

Apenas mais alguns passos e acabaria com a ameaça do mago. Wahori preparou o golpe quando ouviu alguém cair. Thueb estava no chão e desarmado. O goryc correu para ajudar seu companheiro, atacou com fúria, fazendo os inimigos darem dois passos para trás, o suficiente para Thueb se levantar e recuperar suas armas.

Agora lutavam lado a lado, goryc e norethang, algo inusitado em Breasal que somente um lugar sagrado como a Casa

116

dos Espólios poderia realizar. Trocavam golpes com os kuraqs, as armas se encontrando a todo o instante sem acertar os alvos.

Wahori tentava manter os olhos no mago, mas era quase impossível. Precisava de toda a sua atenção na luta, os ladrões eram habilidosos. Percebeu apenas que ele permanecia agachado, mexendo suas mãos em pequenos círculos, nada mais.

O guerreiro sabia que a luta seria decidida pelos sutis movimentos do velho. Se conseguisse preparar sua magia eles perderiam, mas se de alguma forma o mago fosse parado, os ladrões fracassariam e a Casa dos Espólios estaria segura. Não tinham mais tempo.

— Precisamos deter o mago.

— Sim, vá, — Thueb não hesitou — eu cuido deles.

E Wahori foi. Confiou nas palavras do norethang. Deu um encontrão em um dos ladrões, Thueb defendeu o ataque do outro e o goryc passou entre eles.

Com passos largos se aproximou do velho e mais uma vez preparou o golpe. Dessa vez não seria interrompido. O machado descia, preciso, fatal quando o mago encarou o goryc, parou com o movimento das mãos e sorriu. Wahori largou sua arma e pulou para o lado.

A flecha de mágica passou muito perto de Wahori, mas seguiu seu rumo sem acertá-lo. Atravessou o peito de um dos kuraqs e terminou no ombro de Thueb. O mago finalmente revelou seu ataque e ele foi devastador. O projétil consumiu roupas, armadura e a pele. O ladrão estava morto. Tudo que restou do ombro de Thueb foi a carne, viva e sangrando. O norethang urrou de dor.

Wahori correu em direção a seu companheiro. O outro kuraq foi até o mago e eles fugiram por uma porta. Não importava, não agora.

Levar Thueb até um leito não foi nada fácil. O braço de Wahori também precisava de cuidados e além do goryc, mais duas pessoas realizaram a tarefa. A sala tinha algumas camas, armários guardavam potes de metal, ervas, garrafas e poções. Um ajudante sempre trazia água fresca e Namtu orientava outro a fazer os curativos menores. Além dos guerreiros a sala abrigava também ajudantes e guardas que foram feridos durante a ação dos ladrões.

Uma atadura umedecida com uma poção de ervas e inúmeros pontos e Wahori estava inteiro. O caso de Thueb era mais grave e Namtu cuidava pessoalmente do ombro do guerreiro. A ferida estava feia, a pele completamente consumida pela magia do kuraq e o sangue não parava de escorrer. Se nada mudasse seria uma questão de instantes até a morte do norethang.

Namtu era um nazatul, O Guardião do Espólio, e deu uma pequena chave de metal para seu ajudante que a pegou com solenidade e foi até um dos armários, respirou fundo, inseriu a chave e a girou. O mecanismo fez um tímido clique e abriu, no interior da arca havia um pequeno frasco. Era no formato de uma gota. O ajudante, com muito cuidado, pegou o frasco em suas mãos e levou até Namtu.

O Nazatul colocou o frasco em uma mesinha lateral e antes de abri-lo, levou um dos joelhos ao chão e agradeceu. Abriu o delicado receptáculo, tudo com muita reverência, e derramou uma gota sobre o ombro de Thueb.

— A Lágrima da Princesa Iqnir — murmurou Wahori — meu pai me contava sobre a princesa. A mais delicada de todas. Filha de um poderoso guerreiro que governava a parte sul de Alénmar antes dos grandes reinos existirem. O castelo era na beira de um penhasco de frente para o mar e a Princesa tinha seu quarto em uma das torres e sua janela quase abraçava as águas. Ela gostava de passar as tardes olhando o movimento das ondas, isolada em seu quarto e fugindo dos pretendentes que insistiam em chegar. Pois sua beleza era conhecida por toda Breasal e com a riqueza e poder de seu pai, vinham heróis e príncipes de todo o mundo para tentar ganhar seu coração. Mas a reposta da Princesa era sempre a mesma, esconder-se em seu quarto. O que ninguém sabia era que a Princesa tinha entregado seu coração para outro. O mar. As ondas nada mais eram do que tentativas do mar em beijar sua amada. E toda vez que uma onda quebrava na praia, a Princesa derramava uma lágrima, desesperada por não poder se reunir com seu amor. Uma velha ama, que cuidava de Iqnir desde pequena, descobriu seu segredo e todos os dias recolhia uma lágrima da Princesa, dizia a velha que era para um dia fazer uma poção para ajudar a Princesa. Chegou o dia em que o desgosto foi insuportável e a Princesa atirou-se do alto da torre para os braços do mar. Nunca se viu tamanha tristeza em Alénmar — o goryc olhou mais uma vez para o frasco em forma de lágrima.

— Dizem que as lágrimas podem curar qualquer ferida, não acredito que estou vendo com meus próprios olhos.

Todos ficaram em silêncio por um instante e aos poucos se acostumavam com os longos discursos informativos de Wahori. Namtu prosseguiu.

No momento que o líquido azul-claro encostou no ferimento de Thueb, a pele ao redor começou a ondular e lentamente foi cobrindo a carne desnuda. Não demorou quase nada e o ombro do norethang estava intacto. Wahori olhava maravilhado e Namtu carregava um largo sorriso.

— Agora compreendem por que a Casa dos Espólios é um lugar único, poderoso e importante?

— Nunca duvidei, Nazatul — disse Wahori ainda com o olhar fixo no frasco.

— Obrigado — a palavra saiu com certa dificuldade dos lábios de Thueb.

— Eu que agradeço — Namtu aplicava um curativo no ombro do norethang — aos dois. Prestaram um grande serviço para seus povos hoje.

De repente a porta se abriu e Durren entrou, ofegante e levando uma expressão preocupada em seu rosto.

— Temos problemas — disse o outro Nazatul.

Estavam de volta à sala onde Durren e Namtu receberam Wahori e Thueb e os nomearam servidores da Casa dos Espólios. A sensação era que aquele momento tinha sido há muito tempo, mas ainda era a mesma noite.

Durren foi até uma das estantes e selecionou um tomo, por um breve instante folheou as páginas e colocou o livro na frente dos guerreiros.

As linhas negras mostravam uma estátua e no canto superior direito uma runa, lembrava uma torre. O desenho trazia uma criatura com asas do tamanho de seu corpo, o rosto lembrava um humano, mas com focinho e dentes longos. As mãos terminavam em garras e as pernas, apesar de dobradas, pareciam longas. Dois grandes olhos formados por duas pedras arredondadas.

— Um antigo povo habitava as bordas de Tatekoplan, eram artífices habilidosos e seu trabalho era cobiçado por toda Breasal. Mas a ganância deles e dos outros povos levou sua bela civilização às ruínas. Mas antes de isso acontecer, eles presentearam duas aldeias de Alénmar com estátuas idênticas. Uma demonstração de gratidão pelo bom relacionamento que tinham e também pelos prósperos negócios que realizavam — Durren sentou-se. — Uma foi para Nopta no Reino Norethang e a outra para Danbala no Reino Goryc. O desenho que vocês veem representa a estátua de Danbala, vila que foi atacada e arrasada por uma violenta guerra.

— Por isso ela foi trazida para cá, — continuou Namtu — está guardada em um de nossos depósitos — o Nazatul bebeu um gole de água.

— Não entendo, — Wahori se agitou na cadeira — pensei que a Espada da Tempestade estivesse em perigo.

— Nós também — Namtu soava abatido — e os três ladrões que estiveram aqui provam que a Espada realmente estava em perigo. O que não sabíamos, sequer imaginávamos, é que receberíamos outro ataque. Além dos kuraqs, alguém esteve aqui esta noite e levou os olhos da estátua de Danbala.

— Só os olhos?

— Sim, Thueb, seja quem for, deixou a estátua e levou somente as pedras esverdeadas.

— O que devemos fazer? — Wahori examinava o desenho.

— Os tiri-alq estão avisados em todos os portos e cidades próximas, se as pedras aparecerem seremos prontamente avisados. Ao que tudo indica, seu serviço para com a Casa dos Espólios ainda não terminou — Namtu sorria — se aceitarem uma nova missão.

Os dois guerreiros assentiram ao pedido do Nazatul. Sentiam-se responsáveis pelo roubo, falharam com a Casa e queriam uma chance de consertar as coisas. Uma leve batida na porta e um ajudante entrou. Entregou um pedaço de pergaminho para Durren que o dispensou com um agradecimento.

— Contem conosco até que as pedras estejam de volta ao seu lugar — Thueb massageava o ombro machucado.

— Sim, — Wahori bebeu sua água — servimos a Casa e iremos aonde for necessário.

— Acha que o ladrão deixará Alénmar? — o Nazatul sentou-se novamente.

— Não tenho dúvidas, Durren, o Continente é vasto, com inúmeras possibilidades para se esconder e, talvez, vender as pedras — o goryc pensou por um instante. — Um primeiro passo seria tentar compreender por que alguém roubaria somente os olhos da estátua.

— Enquanto conversávamos, pedimos para que fizessem uma pesquisa sobre a estátua — Durren indicou o pergaminho que recebeu há pouco — mas não encontramos nenhuma referência às pedras tanto em Danbala quanto Nopta.

— Krule esteve em Nopta recentemente — Wahori bebeu mais um gole de água.

— Sim, a vila tem uma grande dívida com ele e se recupera bem — Durren dobrou o pergaminho com cuidado. — Krule disse algo? Quem sabe um dos Basiliscos tenha alguma informação? Estus, talvez.

— Ele falou sobre a viagem e os desafios que enfrentou, mas nada sobre a estátua. Quanto aos outros, nunca falaram nada sobre o assunto — o goryc preferiu deixar seus amigos de fora por enquanto.

— Talvez pudéssemos conversar com Elessin em Krassen — ponderou Namtu.

— Até recebermos uma resposta, os ladrões já teriam sumido — o goryc ainda olhava o desenho da estátua.

— Talvez os Filhos de Scatha? — sugeriu Thueb.

— Não, ela é a última pessoa que eu gostaria que estivesse envolvida nisto — Durren sacudiu a cabeça como se afastando a sombra de Scatha. — Não, precisamos encontrar...

— E se não for coincidência? — Wahori pensou em voz alta interrompendo Durren.

Todos olharam para o goryc que pareceu surpreso, depois sorriu.

— E se o verdadeiro roubo sempre tenha sido o dos olhos da estátua — Wahori levantou-se — e se os kuraqs e a Espada não passaram de uma distração? — caminhava lentamente — Diante da impossibilidade de determinarmos o que são os olhos e por que alguém teria todo este trabalho para roubá-los, creio que só temos uma única opção. Tenho como certo que o ladrão vai fugir de Alénmar, a Casa dos Espólios é respeitada e sua força na ilha é enorme. Seria uma questão de tempo até encontrarmos o ladrão. Mas no Continente seria uma missão muito mais difícil e complicada — ele parou e apoiou as duas mãos sobre a mesa. — Desta forma, precisamos escolher um porto. Deduzir aonde o ladrão está indo e interceptá-lo antes que consiga fugir.

— Se eu fosse o ladrão — Thueb também se levantou — já estaria com a rota de fuga pronta. Os kuraqs são um povo desorganizado, sem lei e que dá um valor imenso ao ouro. Não consigo pensar em transporte melhor do que uma embarcação kuraq.

— Sim, ainda mais se ele contratou mercenários para chamar nossa atenção — Durren procurava por alguma coisa nas estantes.

— Conheço um pequeno vilarejo, não muito longe daqui — Thueb parecia animado — existe uma enseada que poderia comportar um navio grande o suficiente para atravessar até o Continente.

— E se não me engano a maioria da população que vive ali é composta por kuraqs — Wahori estava ao lado do norethang.

Os Nazatus estavam aliviados, escolheram os guerreiros certos. A caçada recomeçava.

O local era circundado por montanhas, entre elas uma breve porção de terra formava uma diminuta praia. Era possível ver algumas casas, construções frágeis, e uma estrutura rústica de madeira avançava no mar. Thueb estava correto, um barco de porte razoável poderia atracar ali. A montanha era coberta por uma floresta não muito densa, algumas flores e arbustos pintavam um colorido suave no cenário. Mas para aflição dos guerreiros, nenhum barco à vista, apenas o silêncio das árvores.

Aceleraram os passos, ainda tinham um bocado de caminho até chegar ao vilarejo, mas a esperança sumia a cada instante. Sabiam que o ladrão não estaria esperando, se aquela enseada era realmente o ponto de fuga o barco deveria estar atracado. Ou no horizonte e o ladrão em segurança. Orgulhoso do seu feito, roubar a Casa de Espólios era algo de que há muito tempo o mundo não tinha notícias.

Os kuraqs são um povo que sofreu uma grande perseguição, seu reino foi destruído e hoje existem pequenas cidades espalhadas por Breasal. Costuma-se chamar a região que concentra o maior número de cidades deste povo de Reino, tanto em Alénmar quanto no Continente, mas não se pode dizer que realmente constituem tal coisa. Não existe um soberano e as cidades não têm nenhum tipo de ligação, são completamente independentes. Os kuraqs são habilidosos tanto com ferramentas quanto com armas e ao longo dos anos se tornaram uma opção natural para os que procuram por mercenários. Mesmo sua lealdade sendo inconstante, a única coisa que não muda é seu amor pelo ouro.

Logo nas primeiras casas foram cercados pelos moradores. Escutavam todo tipo de pedido, por comida, por ouro, por trabalho, as vozes pareciam se multiplicar a cada passo. Com dificuldade foram atravessando o amontoado de gente, até es-

124

cutarem entre a enxurrada de palavras "eu sei sobre o barco que procuram".

Os dois guerreiros afastaram os outros usando seus braços até chegaram ao dono da voz. Tinha os cabelos brancos escorridos pelo crânio arredondado, seu sorriso mostrava a falta de vários dentes, os olhos amarelados apresentavam a completa falta de emoção.

— O que você tem para nós? — Thueb mantinha os olhos em seus martelos, armas como aquelas eram uma tentação para qualquer guerreiro de menor honra.

— Gogói antes precisa saber o que os senhores têm para ele — o kuraq passou a língua pelos lábios quebradiços.

— Dependendo de suas palavras, temos ouro — disse Wahori secamente.

— Estes martelos seriam uma bela recompensa — o kuraq fez menção de pegar as armas de Thueb.

O norethang afastou o velho. Gogói deu dois passos para trás e a grande maioria dos kuraqs que assistia o diálogo começou a ir embora. Se não existia pagamento, não existia interesse era um pensamento comum daquele povo.

— Está bem, está bem — o velho protegeu a cabeça com as mãos esperando por outros golpes — ouro é suficiente.

— Antes diga o que sabe — com a ausência de espectadores, Thueb segurou Gogói pelas vestimentas — e não nos enrole, kuraq.

O velho não apareceu abalado pela ameaça do guerreiro, sorria e passava a língua pelos lábios.

— A embarcação com o ladrão — Thueb o soltou e ele arrumou sua roupa com exagerada dignidade — saiu aqui da vila não faz muito tempo.

Gogói ficou em silêncio. Olhava para o goryc e depois para o norethang, esperando seu pagamento.

— Terá de fazer melhor que isso —Wahori sacudiu a cabeça fingindo decepção — sabemos que o barco saiu daqui, teríamos notado caso ele ainda estivesse atracado — o goryc fez um sinal para Thueb — vamos embora. Estamos perdendo nosso tempo falando com este aí.

Os dois guerreiros deram as costas e se afastavam do velho kuraq.

— Esperem — gritou Gogói. Ele veio com passos trôpegos e esfregando as mãos — posso dizer para onde ele está indo.

— Ora, ora, talvez tenha algo interessante aqui — Wahori virou-se e fez menção em pegar algo em seu cinto.

— Sim, sim, Gogói tem — agora era possível ver a excitação nos olhos do kuraq — eu sei para onde o gnomo está indo.

— Gnomo? — o goryc mexeu em sua bolsa de moedas.

— Quer dizer, perdoem Gogói, minha cabeça está velha, não funciona direito — lambeu os lábios — não sei se era gnomo, era alto, um elfo. Sim! Com certeza um elfo. Eu vi quando ele disse para o capitão seguir para a cidade Breschi.

— O que mais você sabe?

— Nada, senhor norethang, Gogói jura que disse tudo — apesar da posição humilde o kuraq estendeu as mãos esperando pelo ouro.

Wahori jogou algumas moedas de ouro que tilintaram pela rua. O kuraq se atirou sobre elas como se sua vida dependesse daquilo. Com passos apressados os dois guerreiros deixavam a vila. Não sem antes serem abordados por inúmeras súplicas.

Novamente estavam no silêncio das árvores, seguiam pela outra montanha, não retornavam para a Casa dos Espólios.

— Para onde estamos indo? — Thueb caminhava sem muita firmeza, não gostava que os outros determinassem aonde deveria ir.

— Atrás desta montanha tem uma estrada que segue até...

— Carnot — completou o norethang — sim eu sei. O que tem lá para nós?

— Os olhos da estátua — as palavras saíram um pouco rudes — Gogói era apenas mais uma das distrações do ladrão.

— Que ele estava mentindo é claro, mas por que Carnot?

— Lá existe uma rota comercial fixa para o Continente, pessoas, cargas, um vai e vem contínuo. Um grupo de pessoas passaria desapercebido — Wahori sorriu. — Acho que o nosso ladrão quer fazer sua fuga agindo da maneira mais natural possível.

— Faz sentido — admitiu Thueb — se seguirmos naquela direção cortamos um bom pedaço do caminho e talvez antecipemos nosso ladrão. Ou arriscaria dizer gnomo? — disse com ironia.

— Acho que gnomo foi a única verdade que Gogói nos falou — Wahori olhava fixamente para a frente.

A estrada serpenteava por um charco, resultado da forte chuva dos últimos dias. Era feita de terra batida e pedras e mais elevada do que a vegetação amarelada que cobria o chão, uma precaução dos construtores contra as tempestades que sempre assolam a região.

Fora da estrada a água chegava até os joelhos, uma lama que entrava pelas roupas e calçados. Estavam cansados e famintos, porém a vontade que os levava a prosseguir era maior. Não apenas por estarem servindo um lugar sagrado para todos na ilha, mas porque a derrota era algo amargo demais para os guerreiros.

Uma carroça deslizava na direção deles pela estrada, os cavalos fatigados esforçavam-se para chegar ao destino. O condutor era um humano de cabelos grisalhos e ombros tão largos quanto uma porta. Usava uma cota de malha gasta e uma espada de duas mãos em suas costas. Atrás estava um elfo, o arco apoiado ao seu lado, e por fim um gnomo. Não era possível ver seu rosto, usava um capuz, contudo sua estatura não deixava dúvidas.

Sabiam que a posição não era a ideal. Contudo estavam extenuados, o medo do fracasso pressionava suas mentes e raciocínio. O atalho lhes deu uma boa vantagem, a única que poderiam ter. Era o melhor que conseguiriam. Decidiram atacar naquele instante.

O primeiro problema eram os cavalos, se o condutor incitasse os animais a carroça se perderia na estrada e eles fracassariam. Thueb se ofereceu para resolver, garantiu que o charco seria suficiente para encobrir sua chegada e anular qualquer tentativa de fuga. Wahori agradeceu por isso, sempre se sentia desconfortável quando precisava usar de silêncio e discrição. O problema era o arqueiro, se fosse habilidoso — e pelas escolhas que o ladrão fez não restava dúvidas de que era — flechas certeiras poderiam impedir que se aproximassem da carroça. Restou para o goryc cuidar do arqueiro.

O bosque que se escondiam ficava do lado esquerdo da estrada, infelizmente as árvores não estavam perto o suficiente, seria preciso uma boa corrida para chegar até a carroça. Não existia outra opção e não adiantava lamentar. Os cavalos se aproximavam, não demoraria muito agora. Thueb se despediu e se deitou na lama, rapidamente a vegetação cobriu seu corpo e o norethang sumiu.

Wahori suspirou longamente, não tinha nenhum plano ou ideia de como iria agir. Ajoelhou-se apoiado em seu machado, a testa encostada na lâmina, lembrando de seus antepassados. Sabia que era uma loucura o que estava para fazer, mas tinha confiança e a coragem necessária para realizá-lo. Lembrou-se dos combates passados, das grandes vitórias e principalmente das piores derrotas. Escutou um cavalo relinchar, as rodas arranhando a terra, o ranger da madeira, estavam perto. Era o momento.

A água dificultava a corrida, era preciso um grande esforço para mover os pés. Wahori colocou o machado na sua frente, em uma insana tentativa de defesa contra as flechas. A primeira flecha passou raspando o seu braço, rasgando a carne e se perdendo no ar. Escutou os gritos do condutor, incitando os cavalos, tudo dependia de Theb agora. Uma flecha bateu na proteção de metal do seu ombro e voou para longe. Escutou as pesadas patas dos cavalos, corriam, mas a carroça permanecia parada. A terceira flecha era certeira, voava em direção ao seu rosto, Wahori imaginou que o arqueiro sorria. O goryc moveu seu machado para a frente, quase como se atacasse a flecha, sentiu a pressão na lâmina e ouviu o metal da ponta do projétil batendo contra o metal de seu machado. O guerreiro não acreditava, tinha funcionado, a arma protegera sua vida. Wahori arregalou os olhos, tinha funcionado.

Jogou o machado para a frente, a arma caiu na estrada quase na roda da carroça. As pernas ardiam pelo esforço, mas o guerreiro seguia avançando, agora podia ver os cavalos correndo livres e Thueb lutando com o condutor. Wahori buscou em seu cinto pela adaga, pegou no cabo de marfim e arremessou contra o arqueiro. A lâmina cravou no ombro do elfo. Flechas não seriam mais um problema.

Chegou à estrada ofegante, o esforço foi tremendo. O arqueiro já portava uma espada curta, o ombro sangrava. Olhou para o gnomo, por um instante esqueceu dele, o encapuzado vestia uma pequena mochila de couro. As pedras. Wahori pegou seu machado em tempo de se defender. Para um arqueiro, o elfo manejava bem a espada, porém não resistiria muito aos potentes golpes do goryc.

Enquanto isso na frente da carroça, Thueb tinha uma luta dura com o humano, seu ombro voltara a sangrar e apesar de ter destruído o joelho de seu adversário, o norethang precisava se defender da espada longa que girava e caía sobre sua cabeça. O gnomo permanecia assustadoramente, sentado. Wahori percebeu tarde demais. Talvez fosse pelo cansaço, pela ansiedade de acertar ou simplesmente um erro. Não importava, agora era tarde.

O elfo errou o golpe e abriu a guarda, o goryc cravou o machado em suas costelas e o arqueiro tombou morto. Não importava, pois quando se virou para o gnomo tudo que viu foi o clarão do fogo. A bola de fogo explodiu em seu peito e Wahori caiu com as costas no chão, seu peito ardia e a dor era terrível. Um mago, devia ter cuidado dele primeiro.

A bola de fogo distraiu Thueb por um momento e foi o suficiente. O humano não encontrou defesa para seu ataque e com um chute arremessou o norethang na água lamacenta do charco. Demonstrando uma força física e de vontade tremenda, Wahori novamente sentiu o marfim do cabo de sua adaga na palma da mão. Arremessou a arma, uma ação desesperada. A lâmina rodopiou pelo ar e acertou o gnomo na bochecha, o sangue manchou sua túnica. Porém, todo o esforço resultou apenas em um raspão e talvez uma cicatriz para lembrar ao gnomo de sua vitória.

O mago seguiu trôpego até o humano, a mochila de couro balançando em suas costas. Com o apoio de seu companheiro avançaram pela estrada a pé, afastando-se do goryc. A chuva começou a cair, a princípio lenta e fraca, mas depois com força. Wahori deitou-se, entregue, sentia o gosto amargo do fracasso e sabia que levaria aquela derrota para sempre.

6

A sala tinha uma densa fumaça que irritava os olhos, o aroma do chá se mesclava ao do fumo e criava uma atmosfera típica das casas de jogo de ishpa. Era comum ver lugares assim por todo o reino Gnomo. O jogo de tabuleiro, com suas peças de sândalo e o mîr de marfim, é o preferido deste povo. Ligen estava em Mintak para tratar da compra de uma adaga para sua coleção quando decidiu parar e se divertir um pouco. Como todo bom gnomo ele também apreciava jogos. Aprendera com seu pai quando ainda era muito pequeno e sempre que podia praticava.

Uma cadeira vagou, um gnomo gordo, de barba espessa levantou-se, seu rosto demonstrava decepção. O perdedor. Ligen ocupou o lugar, à sua frente estava um gnomo satisfeito e de olhos rápidos. O vencedor.

— Jogam por dinheiro? — perguntou apenas por formalidade, pois em um lugar como aquele sempre o jogo era por dinheiro.

— Certamente — o vencedor respondeu Ligen com um sorriso.

Cada jogador colocou uma peça de ouro sobre a mesa e a partida teve início. No ishpa as peças se comportam como engrenagens, quando uma é movida todas as outras devem seguir seu movimento. O objetivo é trazer o mîr, uma peça feita de mármore e um pouco maior que as demais, para o seu lado. O tabuleiro é chamado de hweol e as peças restantes de clawus.

O adversário não era um desafio a altura de Ligen e a vitória era apenas uma questão de tempo. Mas por entre a fumaça e o vai e vem dos jogadores, percebeu algo que desviou sua atenção. Desejou que o jogo terminasse logo para poder sair dali. Porque jogando a duas mesas de distância estava o Embusteiro. E este sempre era um encontro desagradável.

Sem paciência para mover os clawus de maneira correta, Ligen foi derrotado e viu sua peça de ouro ir para o bolso do vencedor, que sorria mais uma vez. Um preço pequeno diante da oportunidade que se apresentava. Deslizou por entre as mesas até chegar aonde queria, ao lado do oponente do Embusteiro. Rapidamente sua presença foi notada.

O gnomo, que encarava Ligen, tinha uma careca com algumas manchas de sol, seus cabelos brancos cresciam somente acima das orelhas e na parte de trás da cabeça. Uma barriga farta que combinava com o rosto largo e no geral sua figura era simpática. Com a ressalva dos olhos. Eram roxos, um caso raro entre gnomos, e causavam um desconforto em quem era seu alvo. Mas Ligen já tinha enfrentado adversários mais perigosos, sustentou o desafio até que o Embusteiro desviou o olhar e voltou suas atenções para o ishpa.

Ninguém sabe exatamente o que é verdade e o que é boato, mas não existe dúvida de que aquele gnomo é uma figura única em Breasal. Seu nome ou origem são desconhecidos, todos só o conhecem como Embusteiro. E a razão de tal alcunha é simples. Sua casa é uma grande armadilha, na maioria das vezes mortal, para os ladinos. O Embusteiro de alguma forma toma posse de artefatos valiosíssimos e guarda-os em sua casa à espera de alguém que deseje roubá-los. Sua diversão é preparar as armadilhas mais cruéis e perversas que o mundo já viu.

Certa vez um pobre coitado agonizou dias antes de morrer, os vizinhos contam que seus gritos os assombraram pelo resto da vida. Mas ainda assim sempre existe uma longa fila de ladinos que estão dispostos a se arriscar na casa do Embusteiro. Alguns pela cobiça outros pela fome de reputação. Derrotar o Embusteiro é um dos maiores feitos que um ladino pode realizar já que apenas quatro obtiveram sucesso. Ligen orgulhava-se de ser um deles.

A aparição do Embusteiro em uma casa de jogo não era por acaso. Seus atos sempre têm algum propósito, Ligen soube que um novo desafio estava colocado. Um novo tesouro esperava para ser clamado, bem como as armadilhas e o terror. E apesar de saber que seria burrice arriscar sua vida, não precisava mais daquilo, sentiu uma vontade incontrolável de derrotar o Embusteiro pela segunda vez. E antes que a partida terminasse, Ligen sabia que tentaria novamente.

A luz do sol agrediu seus olhos, a casa de jogo tinha ficado para trás e agora Ligen caminhava pelas ruas estreitas de Mintak. Sua primeira ação seria descobrir qual era a isca, qual o tesouro da vez. Talvez a notícia já estivesse correndo pelas tavernas.

— Olá, Ligen — o Embusteiro se aproximou.

Limitou-se a responder com um aceno, sentia desprezo por ele, pela forma que tratava a vida dos outros. Simplesmente um jogo, uma diversão. E também por ser atraído para aquilo apenas por conta de seu orgulho. E os olhos roxos do Embusteiro o lembravam deste detalhe que Ligen preferia esquecer.

— O que fez com o frasco de utabá?

— Agora ele me pertence e o seu destino não é mais de seu interesse — tentou apressar o passo, mas desistiu. Queria saber o que se passava, qual era o desafio, mas não da boca dele. Ainda assim, não apressou o passo.

— Pouco me importa. Mas apesar de sua descortesia, vou poupar seu trabalho. Estou com um novo desafio — esperou por alguma reação, porém Ligen continuou caminhando sem desviar o olhar da calçada — já ouviu falar de Lomelindi?

Foi preciso muita força de vontade para não reagir àquilo. Claro que ele conhecia Lomendili, a famosa adaga que tirou a vida de Grannaf, soberano dos dragões. A Escama Dourada, também era seu nome. Há muito Ligen ansiava por ter aquela arma em sua coleção.

— Alguma vez a desejou? — o outro falou com suavidade — Pensou em tê-la em sua mão? Poder brandir tão poderosa lâmina?

— Além de Embusteiro, passou a ser mentiroso? — Ligen respondeu secamente — A Escama Dourada pertence ao Mago Verde, jamais um Mago se livraria de um artefato tão rico em história e poder. Você não tem Lomelindi em sua posse.

— Se engana — as sobrancelhas arquearam — o novo Mago Verde devia-me um favor.

— Trebl? — não conseguiu esconder a surpresa — Então foi assim que ele conseguiu a Torre Verde, aliando-se com gente como você.

— Pode desdenhar o quanto quiser — disse com alegria — o fato permanece, tenho a Escama Dourada em minha casa e logo verei você lá. E dessa vez sua sorte não será o suficiente.

O Embusteiro se afastou, sabia que suas palavras trabalhariam lenta e silenciosamente. Deixou Ligen com a certeza de que logo o veria e, se suas armadilhas estivessem corretas, não existiria um próximo encontro. Sentia um ódio quase insuportável por Ligen ter conseguido roubar o frasco de utabá e escapar. Porém, sabia que o momento de sua vingança não tardaria.

Ligen continuou sua caminhada, não duvidava que as palavras do Embusteiro eram a verdade e que a isca dessa vez era Lomelindi. Estus sempre falava que Trebl era capaz de tudo para ascender à Torre Verde. Lembrou-se quando salvaram Trebl de um bando de saqramans. Era difícil ver aquela pessoa egoísta e orgulhosa como um dos magos mais importantes de Breasal. Mas assim aconteceu. E pensar que o Embusteiro poderia conseguir algum tipo de favor do Verde era algo que o deixava irritado.

Voltou suas atenções para a Escama Dourada. Sempre desejara a arma para sua coleção, por um dos percalços da História, é uma das adagas mais famosas do mundo. Contudo a questão não era o prêmio, o Embusteiro tinha feito um desafio pessoal e ele não podia fugir. Além do mais seria divertido derrotá-lo mais uma vez. Quem sabe dessa vez o Embusteiro aprenderia que não se deve brincar com a vida dos outros. E receber a adaga como prêmio era também uma boa notícia.

Tentou se lembrar da história de Lomelindi, mas pouca coisa surgia em sua mente. Pensou em como seria bom se Wahori estivesse em sua companhia, com certeza o goryc contaria a história em todos os seus detalhes, várias vezes. O que sabia era que um dos guerreiros mais cruéis que serviu ao Bruxo durante o Terrível Domínio atacou Grannarf, líder dos dragões. O guerreiro além de coragem, possuía uma tremenda habilidade, pois sua espada ficou muito perto de acabar com a vida do dragão. Mas Grannarf sobreviveu e matou o guerreiro, a ponta dessa lâmina se tornou a adaga que ficou conhecida como Lomelindi, a Escama Dourada. Não precisava de mais detalhes, era a lâmina que quase matou um deus. Isso bastava. E logo ela seria sua.

Chegou à pousada e pediu um copo de suco de laranja e o jantar, sentou-se à mesa e ficou ponderando sobre a tarefa. Roubar o Embusteiro nunca era uma tarefa fácil e existia também a concorrência. Não que ele estivesse com receio de alguém obter sucesso antes, mas às vezes um ladino menos experiente poderia estar tentando no mesmo instante. E isso poderia ser muito mais letal do que qualquer armadilha.

— Aqui está o seu sanduíche — disse a atendente — com uma porção extra de frango como você pediu.

Então Ligen compreendeu. O desafio fora feito para ele. O Embusteiro não esperava por outros, queria o ladino dos Basiliscos. E por um breve instante temeu por sua vida. A vingança é um sentimento poderoso e pode transformar o mais fraco dos adversários em um oponente terrível. Mas por que Lomelindi? Claro que era uma adaga importante, mas pouquíssimas pessoas sabiam que era um desejo do gnomo ter essa arma. Em uma situação normal, o Embusteiro teria escolhido outra isca, inclusive uma mais fácil, uma que não envolvesse um Mago de Torre.

Mordeu o sanduíche, o sabor o lembrava da infância em Lasf, quando sua mãe preparava o frango, desfiando a carne em pedaços bem pequeninos para depois colocá-la no pão. Sempre comia sentado nos degraus da cozinha olhando para seu pai que trabalhava na oficina. De repente parou de mastigar.

— Desgraçado — murmurou.

Pela primeira vez o Embusteiro o fisgou. Lomelindi era a arma favorita de seu pai. Nos degraus de sua casa sempre contava a história de Grannarf.

Tomou um gole de suco. Seria preciso muita cautela. O desafio ganhou um novo e perigoso contorno. Não poderia apenas terminar sua refeição, seguir até a casa do Embusteiro e sair de lá com a adaga. Teria que se preparar melhor e a primeira coisa que queria fazer era deixar as coisas em pé de igualdade. Se o Embusteiro tinha pesquisado sua vida, Ligen desvendaria o mistério, descobrir quem realmente era o Embusteiro e por que fazia seus desafios. Não seria uma tarefa fácil, talvez até mais difícil do que obter Lomelindi. As armadilhas da História podem ser mais traiçoeiras que as do Embusteiro. Mas iria realizá-la.

136

Voltou suas atenções para o sanduíche. Degustava a iguaria, deixando a mente trabalhar.

Evidentemente o Mosteiro de Nafgum poderia responder aquela pergunta, mas o preço seria alto demais. Restava um outro lugar. No conhecimento das prateleiras de Krassen estava a sua resposta. Ligen seguiria para o sul com o coração agitado, rumo à cidade de Krassen e à maior biblioteca de Breasal. O desafio ficaria para depois, o Embusteiro esperaria o tempo que fosse necessário para obter sua vingança.

A Biblioteca de Krassen é um dos prédios mais impressionantes de Breasal. Não só pelo tamanho, mas pelo que significa. Um lugar que representa o Saber, em toda sua plenitude e, para os moradores de Krassen, em sua universalidade. Pois todos são bem-vindos à Biblioteca. Não importa se o Reino dos Elfos esteja em desentendimento com outro povo, ainda assim as portas da Biblioteca estarão abertas.

As pedras brancas refletiam os raios do sol e era como se a Biblioteca tivesse uma luz só dela. Ligen subiu os degraus, a grande porta estava aberta, entrou e parou por um instante para contemplar o lugar. À sua frente, longas mesas ocupavam toda a parte central e ao redor inúmeras estantes abarrotadas de livros. Também era possível ver o segundo andar, com suas janelas amplas e incontáveis volumes.

O gnomo foi recebido por uma elfa que trajava um vestido lilás e de cabelos amarelos desciam que ao lado do corpo presos por uma fita branca.

— Seja bem-vindo à Biblioteca de Krassen, viajante — ela o mirou com seus olhos verdes-claros — espero que encontre o que procura. Chamo-me Maswa, sou ajudante da Mestre da Biblioteca e estou aqui para ajudá-lo em qualquer necessidade.

— Estou procurando por Nimgul, ele está?

— Infelizmente está viajando. Talvez eu possa...

— Ligen? — Myniamîr apareceu por entre duas estantes — Que prazer vê-lo por aqui.

— Mestre da Biblioteca, — o gnomo fez uma reverência — o prazer é meu de visitar sua casa.

— Venha, vamos até a minha sala para conversarmos melhor — a elfa acenou para que Ligen a seguisse.

A sala tinha uma mesa, pelo menos era o que parecia estar debaixo de uma pilha de pergaminhos e outras bugigangas. Tudo amontoado pelos cantos, somente uma das cadeiras estava livre.

— Talvez não tenha sido a melhor das ideias — Myniamîr sorria — não estou preparada para receber visitas. Onde está hospedado?

— Aluguei um quarto no Pássaro.

— Bom, muito boa escolha — a Mestre pensou por um instante — tem uma casa de chá aqui perto que é muito boa, o que acha?

— Seria esplêndido.

Era uma construção modesta, mas extremamente agradável, tinha apenas quatro mesas no salão interior e duas na acanhada varanda. Um jardim de flores separava as mesas de ferro da rua e as poltronas tinham duas almofadas confortáveis.

A Mestre da Biblioteca sentou-se e sinalizou para que a atendente trouxesse um bule. Retirou um cachimbo curto de madeira de seu bolso, cuidadosamente colocou o tabaco no fornilho e com uma ferramenta de prata pressionou e compactou o tabaco. Acendeu o cachimbo e um aroma doce tomou conta do ar.

— Fiz uma experiência — disse — deixei o tabaco imerso no vinho — a elfa puxou e soltou a fumaça — agradável, não?

O gnomo achou que a coisa fedia como sempre.

— Sem dúvida.

A atendente colocou um bule de ferro sobre a mesa, rústico e enegrecido pelo uso no fogo. Duas xícaras também foram postas, de porcelana com pequenos cavalos azuis. O gnomo achou as peças muito bonitas. Uma cesta com biscoitos de polvilho acompanhou a bebida.

— Uma conversa sempre é mais agradável, com um chá — Myniamîr enchia sua xícara.

— Estus concordaria com isso — o gnomo pegou um biscoitinho — imagino que queira notícias dos Basiliscos — escutava muito este pedido em suas viagens.

— Na verdade gostaria de conversar com você sobre outro assunto — a Mestre da Biblioteca sorria.

Ligen levantou as sobrancelhas surpreso.

— Acredito que sua visita a Krassen tenha um propósito — a elfa bebericou — não imagino que tenha vindo para descansar ou apreciar a região — disse com alegria — e se me permite presumir, está aqui para pesquisar algo na Biblioteca.

O chá queimou a língua de Ligen enquanto assentiu as palavras de Myniamîr.

— Ótimo — serviu-se de um biscoitinho — talvez possamos realizar um escambo de informações — novamente puxou e soltou a fumaça — o que me diz?

— A ideia é estupenda, mas creio que não poderia acrescentar muito mais ao seu conhecimento — respondeu com uma humildade genuína.

— Meu caro Ligen, posso dominar o conteúdo dos livros da Biblioteca, porém o conhecimento vai muito além disso, — parou para mastigar — existem muitas coisas que não aprendemos nos livros e é somente a vivência que pode nos ensinar.

O gnomo sorriu, sentia uma crescente empatia pela Mestre da Biblioteca.

— Tenho em meu poder um valioso item e é de extrema importância que tal objeto esteja em segurança. Qual a melhor opção?

— Bom, se realmente não pode... — o gnomo foi interrompido por um gesto da elfa.

— Antes preciso saber o que procura. Pois uma vez que me dê a minha resposta seria obrigada a dar a sua. Estaria em uma situação um tanto embaraçosa se não pudesse cumprir com a minha parte do trato — Myniamîr sorriu — por isso vamos descobrir se posso ajudá-lo.

— Já ouviu falar do Embusteiro?

— Sim — os olhos da Mestre da Biblioteca estavam envolvidos pela fumaça.

— Gostaria de saber sua verdadeira identidade — Ligen pegou o último biscoitinho.

— Creio que isso pode ser arranjado, temos um acordo?

Os dois trocaram um breve aperto de mão. Myniamîr serviu-se de mais um pouco de chá, Ligen recusou uma segunda xícara. Aos poucos o lugar era ocupado, a mesa ao lado era a única que ainda não estava tomada. Ligen desconfiava que o cachimbo de Myniamîr tinha uma parcela de contribuição para isto.

Contudo a Mestre da Biblioteca não parecia preocupada que alguém estivesse ouvindo a conversa. Talvez fosse apenas um velho hábito ou uma preocupação exagerada, o fato é que a situação incomodava Ligen. A todo instante olhava para os lados, examinou a atendente e as pessoas que passavam pela rua. Nada indicava que precisasse se preocupar, mas assim era o gnomo. Sempre alerta.

— Proteger itens valiosos não é uma coisa muito fácil de se fazer — o gnomo percebeu que Myniamîr se divertia com sua preocupação com orelhas oportunistas — a primeira coisa é perceber quem poderia estar interessado em surrupiar o artefato. Assim é possível fazer uma defesa mais eficiente — Myniamîr assentiu — sempre ajuda criar armadilhas novas ao invés de usar mecanismos já conhecidos.

A atendente trouxe mais uma cesta de biscoitos. A Mestre da Biblioteca rapidamente se serviu de um e não parecia muito impressionada com as palavras de Ligen.

— Este seria o conselho que eu daria em uma situação normal — o gnomo sorriu — mas devido ao nosso entendimento e também por sermos amigos, o que lhe digo é o seguinte: não existe armadilha ou esconderijo que não possa ser anulado — pegou um biscoitinho, deixou o polvilho se desfazer em sua língua — o segredo está em dissimular. Mas não basta fazer um mero truque, é preciso que o gatuno acredite profundamente que seu roubo teve êxito. O simulacro deve ser perfeito — Ligen pegou um dos biscoitinhos e colocou em sua xícara, buscou pelo bule e lentamente derramou o chá sobre a iguaria. O polvilho foi se desfazendo em uma mancha branca e quando a xícara estava cheia, não existia nada mais do biscoitinho do que uma leve brancura no chá — E, se possível, faça todos acreditarem que o artefato não existe mais.

Myniamîr permaneceu pensativa por um instante, como se estivesse lembrando de cada palavra, finalmente ergueu sua xícara em direção ao gnomo, reconhecendo a sabedoria dele.

— Similar ao que foi feito pelos argenthós para proteger os Artefatos — Ligen assentiu. — Espero que possa retribuir suas palavras — a elfa se serviu de chá — você lembra de Fask?

— O ladrão da Fortaleza de Perfain? — disse com surpresa o gnomo — Impossível, ele estaria com mais de 150 anos. O Embusteiro não pode ser tão velho.

— Não, não, Fask está morto, o pobre coitado, Perfain o maltratou até a alma — reacendeu o cachimbo. — O ladrão tinha um amigo, Torlek, dizem até que colaborou com o trabalho na Fortaleza.

— Torlek? — o gnomo franziu o rosto — Nunca ouvi falar dele.

— Sim, seu nome é desconhecido da História. — Myniamîr soltou a fumaça por seus lábios — mas não há dúvidas de que o ladino existiu e acredito que, de alguma forma, herdou o butim de Fask. E isso foi sua ruína, pois o senhor da Fortaleza ainda não tinha saciado sua sede por vingança — a Mestre tomou um longo gole de chá. — Depois de uma tremenda quantidade de tortura, Fask entregou seu amigo. E a fúria de Perfain caiu sobre Torlek.

A atendente voltou e perguntou se eles desejavam algo mais, com amabilidade Myniamîr agradeceu, mas disse que tinham tudo que desejavam.

— Caçaram Torlek por toda Breasal e infelizmente o encontraram. — Myniamîr passou a mão por sua testa em respeito aos mortos — Mas as condições de sua morte talvez não sejam tão terríveis quanto o esquecimento. Fask hoje é louvado como um grande ladino, enquanto seu amigo é esquecido. A História é algo que não compreendemos, é ela que decide quem será lembrado e quem desaparecerá. Uma senhora deveras caprichosa — a elfa suspirou. — Torlek tinha uma filha, Xiah era seu nome. A menina escapou por pouco da fúria de Perfain, escondeu-se entre os Gorycs em Alénmar. Quando retornou ao Continente, já na idade adulta, tentou em vão colocar o nome de seu pai na História, que Torlek recebesse as mesmas honras de Fask bradava, mas ninguém escutou. Cansada e chegando ao fim da vida, Xiah só encontrou uma saída para garantir que seu pai fosse lembrado — olhou o fundo da xícara em busca de mais chá, mas estava vazia. — Passou toda a sua frustração e descontentamento para seu filho. Mendek.

Myniamîr balançou a cabeça com uma expressão alegre.

— Acho que finalmente a História resolveu intervir em favor de Torlek. Recebi a visita de um gnomo que exigia que eu escrevesse um livro sobre o grande ladino Torlek. Narrou toda a história de seu avô e a luta de sua mãe por reconhecimento do pai para mim. Ele acreditava que eu era a responsável por governar a História — a elfa parecia se divertir com aquela ideia.

— Na época imaginei que fosse uma bobagem, não é incomum aparecerem pessoas com informações que vão mudar a história de Breasal, mas algo nas palavras dele me soavam genuínas — ela coçou a cabeça. — Minhas pesquisas confirmaram que poderia existir uma possibilidade que o gnomo falasse a verdade. Por muitos anos não tive notícias suas até que ouvi rumores sobre os desafios do Embusteiro.

— Como descobriu?

— Os olhos — a elfa começou a limpar seu cachimbo — o gnomo que me visitou era mestiço. Os olhos do Embusteiro têm o roxo dos kuraqs.

Claro! Ligen não acreditava que deixou passar um detalhe tão importante. Mestiço. Agora era óbvio. Incrível.

— Se o que você me contou agora acabar se tornando de conhecimento de todos, não resta dúvidas de que o nome de Torlek ficará famoso.

Myniamîr assentiu com um sorriso.

Na saída da casa de chá despediram-se com um aperto de mão. Ambos satisfeitos com o que haviam aprendido naquela tarde.

A lua observava a casa silenciosa enquanto a cidade dormia e Ligen preparava-se para enfrentar o desafio do Embusteiro. Todavia sua mente ainda fervilhava com as descobertas feitas em Krassen.

Tentava acalmar seus pensamentos e voltar toda sua atenção para o desafio. Porque não importava o motivo, as armadilhas com certeza seriam mortais. Tudo poderia ser uma vingança pessoal do Embusteiro, o frasco de utabá foi uma perda doída, Ligen sabia que Mendek era orgulhoso o suficiente para tanto. Porém, a história de Torlek não podia ser deixada de lado, uma hipótese improvável se formava. Talvez tudo aquilo servisse para que Torlek finalmente tivesse o reconhecimento que merecia.

O Embusteiro sabia que colocando Lomelindi como prêmio, Ligen acabaria descobrindo que seu passado fora investigado. Contava que o ladino faria o mesmo com seu adversário e a história de Mendek, Xiah e Torlek surgiria. Ainda zangado por ter sua vida revirada, Ligen revelaria ao mundo a verdadeira identidade do Embusteiro. Talvez até Myniamîr estivesse envolvida, não acreditava que a Mestre da Biblioteca realmente precisasse de seus conselhos para proteger alguma coisa.

— Não pode ser isso — pensou Ligen em voz alta — é uma ideia maluca.

Não era o momento de agitar sua cabeça com aquelas preocupações, mas elas insistiam em não ir embora. Independente da razão, não iria desistir do desafio do Embusteiro. Precisa estar concentrado para entrar na casa e sair dela vivo com Lomelindi em suas mãos.

Atravessou a rua com passos rápidos, nenhum som surgia de seus pés tocando a pedra gelada. Movendo os braços e as pernas, subiu no muro com extrema facilidade, apesar de seu tamanho diminuto. Por um instante sentou-se no muro, era fei-

144

to de pedras largas e até confortável para o gnomo, não esperava nenhuma armadilha até chegar na casa. Olhou para o jardim, era muito bem cuidado, poderia se dizer que o Embusteiro passava uma boa parte de seu tempo cuidando do lugar. Uma flor chamou a atenção de Ligen, a joia da noite. A flor é um filete amarelo, delicado e esguio que se abre somente à noite, exalando um perfume peculiar.

Pulou do muro e caiu quase sem perturbar a grama, três passos e estava ao lado da flor. Sentiu seu aroma e com cuidado afastou a planta que crescia junto ao muro da casa. Uma passagem foi revelada. Ligen sorriu. Não procurou por armadilhas, sabia que o Embusteiro não queria deixar as pessoas para o lado de fora. Ele preferia armar a arapuca aos poucos, pacientemente tecendo sua teia até que seu convidado não tivesse a menor chance de escapar.

O túnel era escuro e apertado, precisava andar agachado e ainda assim esbarrava na terra das paredes e do teto. Não demorou para ver uma luz bruxuleante, as distâncias de alargaram e ele conseguiu ficar de pé, as roupas imundas pela terra. O esforço e o calor do espaço apertado fizeram ele puxar o ar algumas vezes para recuperar o fôlego.

Uma vela sobre uma mesa simples de madeira iluminava o quarto, um odre e uma cadeira. Ligen sentou-se, abriu o odre e cheirou, água. Nada de anormal, por isso não bebeu. Estava com uma tremenda sede, o túnel era quente e sua testa pingava de suor. A boca salivava e foi preciso muita força de vontade para fechar o odre e deixá-lo sobre a mesa. Não tinha dúvidas de que o líquido continha alguma espécie de veneno.

Foi até a porta e examinou o trinco, um parafuso quase imperceptível estava em um local incomum. Buscou por suas ferramentas em seu colete. O colete fora um presente dos Basiliscos, feito por um talentoso alfaiate, permitia que o gnomo levasse todas as suas ferramentas de uma maneira prática e segura.

Com o auxílio de uma chave de fenda ele retirou o parafuso, um pequeno fio de cobre estava enrolado em sua ponta. Seguindo o fio o gnomo descobriu um mecanismo que acionaria um conjunto de lâminas que perfuraria os pés de quem tentasse abrir a porta. Com o alicate, cortou o fio.

Seria um ferimento doloroso, mas não letal. E esta era a intenção do Embusteiro, as primeiras armadilhas eram somente para machucar, permitindo ao convidado prosseguir para sofrer torturas maiores.

A porta dava acesso um corredor com outras cinco portas e no final uma escada. Ligen sabia que não existia atalho, deveria procurar em todos os quartos por Lomelindi. Seria um trabalho longo e cansativo. Um único archote iluminava o local, antes de pegá-lo, o gnomo examinou seu suporte. Também continha um mecanismo, assim que o archote fosse retirado, um jato de óleo sairia da parede e cairia sobre o convidado queimando-o. Retirou a mola que ativava a armadilha e pegou o archote. Seguiu com passos decididos para o primeiro quarto.

O gnomo sentou-se em um dos degraus da escada, estava com os braços e pernas doloridos e mais uma vez pensou no odre com água. Admirava as portas abertas, tinha entrado em todos os quartos e perdido a conta de quantas armadilhas desativou. Porém nem sinal da Lomelindi.

Subia sem muita vontade a escada, cada degrau parecia demandar um grande esforço. Limpou o suor da testa com as costas da mão, pela janela viu que a Lua já caminhara um bom pedaço do céu. Chegando ao último degrau apoiou sua mão sobre a bola de madeira no final do corrimão. Não mais que um instante sua mão encostou na madeira e por toda a sua palma uma dor terrível se espalhou. Ligen caiu de joelhos, a dor o pegou de surpresa, olhou para sua mão, estava vermelha e já podia ver as bolhas se formando. Não compreendia como a madeira poderia ter queimado daquela maneira.

A única coisa que passava em sua mente era encontrar um líquido para aliviar a dor. Lembrou-se do odre de água, não importava que estivesse envenenada, não iria tomá-la. Correu pela escada, pulando os degraus de dois em dois, passou pelo corredor e chegou ao quarto. Arrancou a tampa do odre com os dentes e derramou a água em sua mão. O alívio foi imediato, mas logo uma onda de calor foi se espalhando por seu corpo, começou embaixo de suas unhas, subindo pelos dedos, mãos, braços. Era como se sua carne estivesse queimando de dentro para fora. Por um brevíssimo instante Ligen entrou em pânico. Achou que iria morrer.

Reuniu todas as forças e tentou se acalmar, a dor já não era tão intensa, somente sua mão latejava e parecia que estava segurando uma pedra incandescente. Olhou para a passagem que levava ao túnel e depois ao jardim. A coisa sensata agora seria sair dali e tratar os ferimentos.

— Você não me derrotará — gritou o gnomo para as paredes.

Tentou mexer os dedos da mão esquerda, mas a dor era muito grande. Cortou um pedaço de sua blusa e improvisou um curativo. Novamente passou pelo corredor e subiu a escada.

O segundo andar era muito parecido com o primeiro, um corredor com portas fechadas. A única diferença é que vários archotes iluminavam o local. Irritado o gnomo seguiu para a primeira porta. A mão enfaixada dificultava seus movimentos, mas desarmou o mecanismo da porta. Era um escritório, uma mesa de madeira escura estava no centro, a cadeira de estofado bordô era confortável, uma lareira de pedra clara, uma poltrona e estantes de livros. Um tapete feito da pele de algum animal cobria quase todo o piso, Ligen decidiu não pisar ali, a dor não permitiria examinar o tapete por inteiro.

Sorriu, lembrando-se da Biblioteca de Krassen.

— Talvez uma biblioteca fosse o local mais adequado para terminar — falou às paredes novamente.

Inutilmente assoprou a mão, sentia como se ainda estivesse queimando. Dirigiu sua atenção para os livros. Era um clichê, mas quem sabe a adaga não estava em um livro falso. Começou a ler as lombadas, nada chamava sua atenção. De repente parou. "O grande Torlek" por Mendek Djuin.

Buscou por uma de suas ferramentas, uma haste de ouro, fina como um papel. Cuidadosamente colocou a haste entre o livro e a madeira da estante e empurrou. Logo encontrou um gatilho. Examinou por mais um instante e compreendeu que se retirasse o livro, o gatilho acionaria um pavio e uma grande explosão aconteceria. Precisava encontrar alguma forma de travar o mecanismo. Alcançou em seu colete uma diminuta barra de chumbo. Com a mão enfaixada Ligen levantou o livro até o limite possível sem acionar a armadilha, depois posicionou a barra até que ela encaixou. Retirou o livro, o gatilho bateu forte na barra de chumbo, mas ela aguentou.

A capa tinha letras douradas sobre um fundo azul, estava orgulhoso, mas ainda não terminara. Com cautela colocou o livro no chão para examiná-lo melhor. Permaneceu imóvel por um bom tempo, tentava imaginar que truques o Embusteiro teria preparado. Lembrava de tudo que tinha feito aquela noite e procurava por um padrão. Alguma coisa que pudesse indicar que tipo de armadilha o esperava ali. Mas o padrão não existia, cada desafio era diferente e cada mecanismo tinha suas próprias características. Não havia como adivinhar, tudo que restava era enfrentar seu último teste.

Pegou o livro com cuidado, tentou calcular seu peso, parecia ser o de um livro com aquele número de páginas, trezentas e poucas. Se a adaga estava ali dentro, o Embusteiro deveria ter retirado quase o mesmo peso em papel. Imaginou o que Mendek teria escrito sobre seu pai e como fez para alongar a história por mais de trezentas páginas. Era uma história triste, mas não longa.

A mão incomodava, latejava terrivelmente e ardia. Era uma agonia sem fim sentir aquela ardência e nada pode fazer.

Se perguntassem, Ligen não saberia responder quanto tempo ficou olhando para o livro, mas o fato é que os primeiros raios de Sol entravam pela janela quando o gnomo decidiu que não existia armadilha guardando a adaga. Só quando esgotou todas as possibilidades e a dor do ferimento beirava o insuportável, Ligen decidiu abrir o livro.

Logo que abriu a capa pode ver Lomelindi, as páginas cortadas e a adaga repousando entre elas. Mas viu a Escama Dourada só por um instante. Os raios do Sol refletiram nas letras douradas da capa e um feixe de luz acertou a parede. Ligen só escutou o vento sendo cortado e sentiu o metal frio em seu estômago. Se não tivesse tido o reflexo de se desviar teria sido cortado ao meio. Deitado no chão, sangrando, o gnomo viu o que o atingiu. Uma foice de cabo longo surgiu da parede e varreu o quarto. Sabia que tinha sorte de não estar morto e precisava sair dali o mais rápido possível. Sua visão escureceu e quase desmaiou, o sangue jorrava com velocidade de suas entranhas. Ligen procurou pela adaga, mas a perdeu.

Abriu os olhos, picou duas vezes, a luz entrava com força pela janela. Não se lembrava de como tinha chegado ali, mas reconheceu o teto. Estava na igreja de Haure, deus da justiça. Sendo amigo de Varr, paladino de Haure, sempre era bem-vindo. A mão esquerda estava enfaixada, a dor tinha cessado. Seu abdômen também levava um curativo e podia sentir os pontos que seguravam a pele, era uma dor, suportável. Estava vivo, era o que importava, por duas vezes esteve perto da morte e tal coisa jamais aconteceu antes.

O que agitava sua cabeça era o porquê de ter falhado. Como deixou que o Embusteiro o vencesse? Não tinha dúvidas de que a queimadura foi a responsável, se estivesse com as duas mãos teria percebido a armadilha e a desativado. Ainda podia ver Lomelindi, esteve tão perto de segurá-la. Relutava em admitir, mas a verdade é que o Embusteiro preparara uma grande armadilha. O odre com o líquido, as incontáveis portas, o cansaço do túnel, o corrimão, o livro sem proteção. Tudo para que exatamente naquele momento Ligen abrisse o livro e os raios do Sol ativassem a foice. Não queria admitir, mas no final, Mendek foi mais esperto que ele.

Uma gnoma entrou, pelas vestimentas em tons amarelados percebia-se que era uma noviça de Haure. Trazia um balde de água e novas ataduras. Sentou-se ao lado de Ligen e gentilmente começou a desenfaixar sua mão. A carne estava vermelha e ainda tinha muitas bolhas. A noviça molhou um pano e com cuidado foi limpando as feridas, as bolhas que já tinham secado e estourado.

— Como cheguei aqui?

— O senhor apareceu nos degraus de nossa igreja hoje pela manhã — respondeu com ternura a gnoma.

O Embusteiro. Tinha certeza de que ele o trouxera ali. Fi-

150

cou claro para Ligen que tinha uma dívida com Mendek, se ele poupou sua vida era apenas com um propósito. Para que a história de Torlek fosse revelada. E ali, deitado depois de ser derrotado, Ligen decidiu que honraria sua dívida.

Lembrou-se de tudo que passara desde o encontro com o Embusteiro na casa de jogo. Acreditava que tudo fora previsto por Mendek, até sua visita a Myniamîr. Ao final o Embusteiro conseguiu tudo que desejava, a vingança contra Ligen e a história de Torlek revelada.

O trabalho de um gênio.

7

A torre se erguia solitária, desafiando com sua altura o céu. Um grande lago circundava a construção. A luz refletida na água dava a impressão de que a torre estava constantemente se movendo. Mesmo um exame cuidadoso não conseguiria detectar o material que foi usado para erguer o edifício. Uma das muitas teorias é que inúmeras esmeraldas foram derretidas e moldadas para se erguer a Torre.

Estus seguia a pé pela passarela de pedra que levava à entrada da Torre Verde. A caravana não o deixou muito longe. Quando não estava com pressa, o mago preferia viajar a pé ou de carona. Devido à sua reputação — é considerado um dos maiores magos de toda Breasal —, sempre encontra alguém disposto a compartilhar a jornada com ele. Quando recebeu a mensagem pedindo sua presença, Estus decidiu que o Mago Verde poderia esperar. Tinha dúvidas também se deveria atender a convocação e o tempo na estrada talvez pudesse esclarecer o significado daquele convite.

Quando terminou a travessia até a larga escada que levava ao salão principal, viu o Mago à sua espera. O rosto sem expressão, impossível decifrar o que se passava em sua mente. O gnomo tinha as mãos entrelaçadas sobre a barriga e observava Estus se aproximar.

— Estus, seja bem-vindo.

— Trebl — esboçou um aceno de cabeça e reparou a cicatriz recente. — O que houve com seu rosto?

— Não é da sua conta e você sabe que este nome morreu — quando alguém assume o posto de Mago da Torre, toda a sua vida pregressa é esquecida e enterrada.

— Infelizmente — Estus estava em frente ao gnomo.

Trebl fingiu não ouvir aquelas palavras, deu as costas para seu visitante e subiu a escada. Estus o seguiu.

A Torre tinha um engenhoso sistema de plataformas hidráulicas que se locomoviam em diversas direções. Enquanto viajavam em uma delas, Estus ficou imaginando que seria quase impossível encontrar o caminho correto no labirinto que a movimentação das plataformas criava. Mais um dos muitos mecanismos de defesa que existiam na Torre.

Já na varanda, ainda era possível ver bom pedaço da Torre ao alto e para baixo a vista era magnífica. O mundo parecia pequeno, as árvores eram diminutos arbustos e se enxergava ao longe a floresta de Motsognir. Uma mesa e duas cadeiras os aguardavam.

O Verde sentou-se e indicou que Estus deveria tomar a outra cadeira. Uma bandeja de prata trazia um bule de chá, duas xícaras e um prato com bolachas. As bolachas eram enfeitadas com um pingo de goiabada.

— Tive a impressão de que o vento seria incontrolável aqui — Estus sentou-se e olhou com interesse para o chá.

— Estamos bem protegidos — explicou sem muita vontade — presumo que vá aceitar o chá e pedirá permissão para acender seu cachimbo.

— Evidentemente — sorriu o humano retirando seu longo cachimbo de madeira do bolso.

— Vá em frente e acenda seu cachimbo.

— Desistiu da nobre arte? — Estus lembrava-se que Trebl apreciava um bom fumo.

— Como estão as coisas em Breasal? — o gnomo serviu as duas xícaras.

— Caminham desenfreadas como sempre — ele pegou uma das bolachinhas, eram deliciosas.

154

— Os Basiliscos andam quietos.

— Depois de toda a confusão no reino dos Anões, achamos que era o momento de tirar umas férias.

— Vocês nunca param — o Verde bebericou o chá — sempre se metendo onde não são chamados. Sempre inconvenientes.

— Talvez você esteja correto — Estus acendeu o cachimbo, tentava perceber o que o gnomo não dizia — mas desta vez nada acontece mesmo.

— E suas pesquisas?

O gnomo moveu os lábios no que deveria ser um sorriso. Aquela era uma pergunta perigosa, pois os Magos são ávidos por conhecimento e não medem esforços para conseguir uma magia que os interesse. E conhecendo Trebl, Estus sabia que o gnomo usava qualquer vantagem que pudesse obter para aumentar seus conhecimentos. O que acontece quando alguém assume o posto em uma das Torres é desconhecido. Então, é possível que quando um mago cria uma nova magia os Magos imediatamente percebam que algo novo surgiu. Claro que Estus pesquisava coisas novas, a reputação de um mago é construída com criações próprias, porém revelar isso para um Mago de Torre é sempre uma decisão complicada.

— Bem — Estus bebeu o chá — de vez em quando surge algo — decidiu que era melhor não esconder.

— Ouvi algo relacionado a reconhecer a assinatura da magia — o Verde pegou uma bolacha.

— Seus ouvidos estão afiados — era precisamente no que Estus vinha trabalhando no último ano —, mas acredito que não tenha me convidado apenas para xeretar minhas pesquisas — ele soltou a fumaça de seu cachimbo.

— Imagino que essas amenidades sejam parte das obrigações de um anfitrião, não? — o gnomo se divertia.

155

Estus ficou em silêncio, não conseguia descobrir o que o gnomo planejava e a cada instante sua situação ficava mais complicada. Desde o conclave em que Estus foi convidado a assumir o posto da Torre Verde, os Basiliscos e Trebl têm se encontrado e nunca amigavelmente. Era claro que o gnomo sabia que Estus fez de tudo para evitar que a Torre Verde fosse sua. Quando Trebl apresentou os olhos de serpente para os outros Magos, Estus ficou irritado por ter perdido aquela disputa, não o posto na Torre Verde como muitos pensavam, inclusive o gnomo, mas por não conseguir evitar que o novo Mago fosse eleito por uma caça ao tesouro e não por competência.

O Verde levantou-se e indicou que Estus deveria acompanhá-lo. Não restava outra opção, teria de continuar, não importava qual fosse o jogo do gnomo.

Voltaram à plataforma móvel e dessa vez o percurso foi muito mais longo. Estus não sabia que direção tomaram, depois de tantas idas e vindas, tudo que podia dizer é que ficou grato quando finalmente pararam.

O corredor iluminado por tochas tinha seis portas de madeira e uma delas estava aberta. Com passos rápidos e curtos, o gnomo atravessou a distância até ela e entrou, Estus foi atrás. O quarto era pequeno, com uma cama, um armário e uma escrivaninha.

— Qual é o significado disto? — bradou Estus.

— Ainda não posso dizer, mas espero descobrir — o gnomo falava com seriedade.

Deitado na cama estava um goryc, sua pele escura azulada, os olhos parados. Se não fosse pela fraca respiração seria a visão de um morto.

— O que você fez com Wahori? — Estus ajoelhou-se ao lado do amigo.

— Encontrei-o em Edimgrir.

156

— Por Olwein, o que ele fazia naquela ilha abandonada pelos deuses? — o humano examinava a bandagem no braço do goryc.

— Uma mordida — disse o Verde sem dar muita importância — você tem certeza de que os Basiliscos não estão em missão?

— Não — falou rispidamente. — Há quanto tempo ele está assim?

— Vinte e sete dias.

— E só agora você me chamou? Você não consegue fazer nada certo?

— Ele está vivo, não? — disse o gnomo sem paciência. — Se pudesse fazer mais já teria feito e não precisaria de sua presença aqui.

— O que você sabe sobre o veneno?

O Verde não demonstrou surpresa, mas deveria. A rapidez com que Estus concluiu que Wahori estava envenenado era para poucos.

— Quase nada — o gnomo pensou por um instante. — A ação dele é lenta e não acho que seja mortal — Estus esboçou um sorriso. — Creio que o resultado é muito pior que a morte.

Estus buscou por seu cachimbo. Usou a chama de uma das tochas para acender o fumo, logo a fumaça se espalhou pelo quarto.

— Repare nos olhos — o gnomo usou um tom professoral que irritou o humano —, percebe o amarelado perto da íris?

— Sim, sim — murmurou assoprando a fumaça para longe.

— O tom azulado e a carne fria não deixam dúvidas.

— Um corpo seco — Estus arregalou os olhos. — Não é possível! — o gnomo acenou com a cabeça — Podemos fazer alguma coisa?

— Talvez — disse o Verde pensativo. — Voltarei em um instante.

O gnomo saiu com seus passos curtos e rápidos.

Uma pequena abertura perto do teto era responsável por fornecer ar fresco para o quarto, era por ali também que boa parte da fumaça saía. Estus ficou admirando os fios cinza que ziguezagueavam e se perdiam no ar. Tentava encontrar uma solução, uma resposta que pudesse mudar o destino de seu amigo de aventuras. Precisava reverter o processo, uma vez que Wahori se tornasse um corpo seco tudo estaria perdido. Não existe cura, pelo menos nunca foi registrada tal façanha. Se a transformação se completasse, Wahori morreria e seu corpo seria possuído por um dos espíritos perdidos. Almas que vagam pelos salões de Darkhier esperando a oportunidade para poder voltar a andar sobre a terra. Um desejo incontrolável de viver que se torna uma maldição e um sofrimento infinito.

Estus socou a mesa. Este não seria o destino de Wahori ele não deixaria que seu amigo acabasse assim.

Ajoelhou-se ao lado da cama e fitou o rosto do amigo por um longo período, agora era nítido o amarelado nos olhos. Retirou a bandagem e examinou o ferimento. Um círculo formado por pequenos pontos, era do tamanho de um punho, dificilmente obra de um corpo seco, provavelmente uma besta. Tudo era coberto por um pus escuro. Fechou o curativo, o goryc permanecia impassível.

Caminhou pelo quarto, sempre puxando e soltando a fumaça de seu cachimbo. De repente escutou o som de engrenagens. Uma plataforma se aproximou e Estus viu o Verde acompanhado de um elfo de olhos claros, com apenas alguns cabelos ao redor da careca.

— Eu deveria imaginar que você estava aqui — disse o elfo. — Senti o fedor desse cachimbo de longe.

— Nimgul! — Estus deixou o cachimbo sobre a mesa. — Meu amigo, que surpresa agradável!

O humano abraçou o elfo.

— O Verde me contou sobre Wahori — disse Nimgul, — estou aqui para ajudar.

— Obrigado.

— Agora que todos estão aqui gostaria de convidá-los a retornar para a varanda para discutirmos o que pode ser feito para solucionar este desafio — o gnomo se dirigiu até a plataforma.

Os outros dois se olharam e seguiram o Mago Verde.

A temperatura caiu um pouco, mas ainda assim era agradável ao ar livre. Uma terceira cadeira e uma nova xícara esperavam por eles, o prato de bolachas estava repleto. Os três magos, um dos mais poderosos de Breasal, sentaram-se para debater sobre a vida de Wahori.

— É preciso um antídoto — disse o Verde enquanto servia chá para todos. — Uma vez que o espírito perdido possua o corpo, Wahori estará morto para sempre.

— O que você descobriu sobre o veneno? — Nimgul aceitou o chá.

— Sem dúvida é natural, não foi fabricado e não existe nenhum traço de magia.

— Impressionante — apesar dos protestos Estus ainda tinha seu cachimbo aceso.

— Sim — concordou o gnomo — um veneno com tal propriedade é algo raro e até hoje nunca relatado.

Foi nesse instante que Estus compreendeu a razão que levou o Mago Verde a abrigar Wahori e se preocupar com sua saúde. Não era pela vida do goryc, talvez um pouco disso, mas seu grande interesse era no veneno. Para os magos, uma das coisas mais importantes é sua reputação. Dizem que certos magos constroem uma reputação tão sólida que se tornam muito mais poderosos do que de fato são. Se o veneno, como o Verde declarou, nunca fora relatado, a primeira pessoa a escrever sobre ele teria a honra de escolher o seu nome. E tal feito era para poucos, com isso certamente seu nome entraria para a História.

— Quanto tempo temos? — Estus serviu-se de bolachas.

— É difícil dizer — o gnomo olhou para o horizonte, o Sol já iniciava sua descida e um leve tom avermelhado tomava conta da paisagem — desde sua chegada os sintomas evoluíram muito pouco.

— Essa é uma boa notícia — disse o elfo.

— Mas não quer dizer muita coisa — Estus preparava o fumo em seu cachimbo — não temos como saber se o ritmo se manterá o mesmo.

— Existem maneiras de anular venenos usando magia — pensou em voz alta Nimgul.

— Não para este veneno — parecia que o gnomo tinha alegria em sua voz.

— Alguma poção?

O gnomo assentiu negativamente.

— Só existe uma forma de resolver o problema — Estus pegou uma lasca de carvalho de seu bolso, estalou os dedos e uma chama surgiu na madeira. Acendeu seu cachimbo — faremos o antídoto à moda antiga.

— O primeiro ingrediente é o veneno em seu estado natural, — Nimgul sorriu — há muito tempo não visito Edimgrir. Será interessante.

Se existe algum lugar que qualquer um evitaria e a ilha de Edimgrir, mas não restava outra opção, a vida de Wahori dependia desta viagem.

160

— Está decidido — o gnomo se levantou — ficarei aqui para retardar ao máximo a ação do veneno e aumentar as esperanças de Wahori. Vocês seguirão para Edimgrir e trarão o veneno em seu estado puro para que um antídoto seja feito.

Estus e Nimgul deixaram a Torre Verde com os corações pesados. A vida de seu amigo se equilibrava diante de um abismo terrível e a viagem a Edimgrir poria suas próprias vidas em um risco enorme. Mas enfrentar juntos o perigo diminuía um pouco o peso de suas preocupações.

Ao norte de Breasal, no reino de Golloch existe uma cidade abandonada. Há muito uma vila de pescadores, hoje não passava de um punhado de casas em ruínas, porém era o porto mais próximo de Edimgrir. A rota mais curta até a ilha. Estus e Nimgul esperavam na precária construção de madeira que um dia foi um robusto cais e desafiava as águas escuras do mar. O vento gelado soprava, irritava a pele. Olhavam para o horizonte procurando pela embarcação de Bastrur.

Quando Estus comunicou seus amigos, quis o destino que Kólon estivesse na mesma cidade que Bastrur. E não existia ninguém melhor do que o capitão do Fer de Menys para levá-los a Edimgrir.

— Nunca gostei do norte — resmungou Estus fechando seu casaco.

— O fumo deles é muito bom — disse Nimgul com um sorriso e o humano não tinha como discordar.

— Sabe quem gostaria desta aventura? Umorg.

O elfo sorriu ao se lembrar da figura e concordou com um aceno.

— Acho que nossa jornada é louca o suficiente para ele, você tem razão — Nimgul achou ter visto alguma coisa no horizonte. — E o roupão?

— Encontrei poucas vezes Umorg[7] e em todas em algum momento ele usava o roupão — Estus bateu o fumo para fora do formilho. — Sua inteligência seria uma ajuda incrível para nós agora.

— Seu conhecimento sobre lendas e poções era único, sua morte foi uma grande perda para Breasal.

Eles passaram as mãos sobre suas testas em respeito aos mortos.

Aos poucos a imagem de uma embarcação foi surgindo. Não demorou para que os dois magos reconhecessem Bastrur, Krule e Kólon no convés. O Fer de Menys atracou e os novos passageiros embarcaram. O vento gelado impulsionou as velas e o capitão acertou o rumo para o norte.

Protegidos do frio e sentados ao redor de uma mesa, Estus narrou os acontecimentos na Torre Verde e a razão da jornada.

— Quando sua mensagem falou em Edimgrir, sabia que coisa boa não haveria de ser — comentou Kólon.

— O que você pensa sobre a situação de Wahori?

— Nada boa, Krule — Estus segurava seu casaco — mas não podemos perder as esperanças, temos que continuar fazendo o possível para salvá-lo.

— Então meu lugar não é aqui — o padre de Artanos se agitou — deveria estar ao lado de nosso amigo.

— Sem dúvida você é um dos maiores curandeiros de toda Breasal — Estus sorria, — porém suas habilidades serão mais importantes aqui, lutando contra os corpos secos.

O padre sabia que era verdade, os poderes divinos são uma arma importante contra tais criaturas.

— E você confia em deixar Wahori aos cuidados do Verde? — foi Nimgul quem fez a provocação.

---

[7] Para saber um pouco mais sobre Umorg leia o conto A Maldição de Krauns no livro *A Ira dos Dragões*.

— Evidente que não — respondeu com alegria — Varr já deve estar na Torre para que Wahori receba os devidos cuidados.

— Só faltou Ligen — comentou Kólon.

— Não se preocupe — Estus esfregava as mãos — ele também já deve ter começado seu trabalho.

— Que é?

— Ora, Kólon, o dia que eu confiar na palavra de um Mago de Torre estarei gagá — todos riram das palavras do humano. — Ligen está descobrindo o que Wahori fazia nesta maldita ilha e, mais importante, como o Verde sabia que ele precisava de ajuda.

— Deixem de conversa e segurem-se, uma tempestade se aproxima — gritou Bastrur lá de fora.

O céu era preenchido por nuvens negras e o mar se crispava. As viagens marítimas dos Basiliscos nunca são tranquilas e essa estava longe, muito longe, de ser diferente.

Na costa de Edimgrir existem poucos locais onde é possível desembarcar e mesmo nessas poucas opções é preciso usar um barco pequeno. O Fer de Menys não conseguiria passar pela formação rochosa que circunda a ilha. Porém, não era um problema para o Padda, um bote que Bastrur recorria quando precisava navegar por águas rasas.

Com habilidade, Bastrur conduziu seus passageiros em segurança e os Basiliscos chegaram a seu destino.

A praia tinha o solo feito por pedregulhos escuros, um pouco à frente uma grande parede de rocha, sem vegetação ou pássaros, apenas a frieza da rocha. O capitão retornou para o Fer de Menys, esperaria na segurança de sua embarcação para levar os aventureiros de volta ao continente.

— Bem, senhores — disse Kólon desembainhando sua espada, — a diversão está para começar.

Krule rezou em silêncio uma breve prece para Artanos, o deus do combate, enquanto Estus tentava encontrar um jeito de saírem da praia.

— Teremos de escalar — disse o humano muito contrariado. — Porcaria de lugar em que nos metemos!

— Acalme-se, acho que estou vendo um trecho ali — Nimgul apontou para o sul — que poderá facilitar nosso caminho.

Durante todo o trajeto, Estus resmungou, mas o fato é que a subida não foi nada difícil e logo estavam fora da praia. Um amplo campo apresentava-se diante deles, o capim amarelado, queimado pelo sol e pela falta de chuva, seguia até as montanhas altas. Ao centro estavam as ruínas de uma antiga cidade.

Ninguém sabe o que aconteceu em Edimgrir, foi como se a ilha inteira de um dia para o outro tivesse sido devastada, não existe nenhum relato ou pista, por isso acredita-se que ninguém tenha sobrevivido. Tudo que restou foram as histórias daqueles que se aventuram na ilha e o que encontram lá.

Decidiram que as ruínas poderiam ser um bom abrigo para uma fogueira e uma refeição. Kólon seguia à frente, sua espada balançando a cada passo e os olhos atentos a qualquer sinal de perigo. Mas até aquele momento parecia que estavam sozinhos na ilha. O padre vinha atrás, também levava Haifists, sua espada, em punho.

— Esperem — sussurrou Krule.

O capim crescia até a cintura, o vento mexia as folhas e era como o sibilar de uma grande serpente. Todos ficaram imóveis. Assim como começou, o vento parou e o silêncio cresceu.

— Acho que não foi nada — tranquilizou o padre.

— Esses padres...

Um estrondo interrompeu as palavras de Kólon. O solo se abriu e Nimgul nada pôde fazer, o ataque foi rápido demais. A criatura jogou o elfo para longe que caiu desacordado. O corpo da besta era coberto por escamas roxas, a cabeça lembrava um tigre, dois grandes dentes saiam da sua bocarra.

— Por Artanos — murmurou Krule antes do ataque.

O padre tentou se desviar, mas não foi rápido o suficiente. Com a cabeça o monstro tentou derrubar Krule, mas ele aguentou o golpe e se manteve em pé. Seu ombro pulsava de dor. Kólon correu para ajudar o amigo e atacou, mas a criatura esquivou com uma agilidade inesperada. Estus permanecia parado, examinava o inimigo.

Com seus olhos brancos e sem íris, a besta encarou Kólon. Contraía-se toda, preparando o bote, contudo hesitava, respeitava o guerreiro que rosnava insultos e apontava sua espada. Krule ficou ao lado do amigo, girava Haifists, atraindo também a atenção da criatura.

— Precisamos do veneno? — perguntou Kólon.

— Não! — berrou Estus depois de concluir sua avaliação — Matem a desgraçada.

Kólon sorriu.

— Krule prepare-se — disse o guerreiro antes de agir.

Ele atacou com fúria, fez a criatura recuar, porém seus golpes acertaram somente o ar. A besta, percebendo a vulnerabilidade da posição de Kólon, atacou, o guerreiro esperava por isso e jogou-se no chão. Em seu afã o golpe do monstro se tornou longo e assim ofereceu seu pescoço para Krule.

— Artanos! — gritou o padre enquanto decepava a cabeça da criatura.

O corpo inerte escorregou de volta pelo buraco que tinha saído e tudo que sobrou foi a cabeça. Estus congratulou Kólon com um aperto de mão e Krule foi atender Nimgul. Felizmente o elfo já estava bem, recuperado do impacto e de pé.

Os aventureiros retomaram o caminho que levava até a cidade em ruínas, seguiam com mais cautela, se é que tal coisa seria possível, mas tinham a certeza de que outras surpresas os esperavam.

O fogo trepidava, queimando a madeira com vontade. O sol já tinha quase desaparecido por completo e o frio era terrível. Um pedaço de peixe estava sobre o fogo e logo poderiam comer.

— Por que peixe? — resmungou Estus.

— Porque viemos de barco e não poderíamos pescar uma vaca — respondeu Kólon.

— E a escuridão chegou — murmurou Nimgul.

A mudança foi brusca e impressionante. O silêncio e a calma deram lugar a urros e chiados, por todos os lados podiam se ouvir coisas se movendo. Edimgrir acordara. Os aventureiros formaram um círculo ao redor da fogueira, costas para o fogo, esperando a ataque que não tardaria em vir.

— É nosso sangue — disse Krule, — os corpos secos sentiram o cheiro e agora estão vindo para se alimentar de nossa carne.

— Ainda bem que nosso jantar foi peixe — Kólon olhou para Estus.

— Desta vez você tem razão.

— Vocês Basilsicos — o elfo tentava ver algo na escuridão — divertem-se com o perigo. Bastardos.

Os três amigos sorriram, Nimgul dizia uma grande verdade. Não existia nada mais prazeroso para os Basiliscos do que lutar e se aventurar juntos.

— O que eu preciso matar? — Kólon empunhava Durindana, sua espada, com as duas mãos.

— Os corpos secos não nos interessam — Estus segurava seu cajado, a ponta era esculpida no formato de uma cabeça de águia. — Precisamos do veneno e é improvável que a criatura que o produz esteja aqui.

— Então mato o que aparecer pela frente.

— É isso — Krule sorriu para o guerreiro.

E o ataque começou, dos mais variados tipos e criaturas não paravam de chegar. Mordendo e golpeando. As espadas desciam com vontade acertando a carne morta e os inimigos aos poucos cobriam o solo, caídos, mortos pela segunda vez. Por alguma razão os corpos secos são afetados da mesma forma que os vivos quando golpeados, a diferença é a falta de sangue. Alguns estudiosos defendem que as almas que possuem os corpos voltam tão transtornadas e confusas que acabam se comportando como se estivessem vivas e por isso quando recebem um ferimento mortal acabam sumindo.

A escuridão da noite sumia por instantes quando magias eram lançadas, e assim os aventureiros se defendiam e conseguiam conter o ataque.

O problema não era a habilidade dos inimigos, mas sua quantidade. Os corpos secos não paravam de surgir. Eles não sabiam há quanto tempo lutavam, mas as espadas já não desciam com a mesma força e as magias acabavam. Era evidente que não poderiam lutar a noite inteira. Estavam cada vez mais próximos do fogo, o círculo de defesa diminuía.

— Não vou aguentar muito mais tempo, minha mente já está ficando enevoada — gritou Nimgul sentindo o alto preço que as magias cobravam.

— Eu também — completou Estus — Krule, chegou o momento de revelar Artanos para os malditos. Use sua relíquia.

Cada padre de Artanos, quando é nomeado, recebe um símbolo, um objeto que o acompanhará pelo resto da vida. Algo sagrado para eles e muito poderoso.

167

A presença dos deuses tem um grande impacto nos corpos secos. Apesar de não terem consciência, algum instinto primal os faz fugir. Existe uma teoria que defende que as almas perdidas temem os deuses porque acreditam que os levariam para o lugar que realmente pertencem. Os salões de Darkhier e não no mundo, convivendo entre os vivos.

Krule buscou por sua relíquia, um pequeno machado. O cabo feito de prata e a lâmina de rubi. Levantou o objeto acima de sua cabeça.

— Artanos se apresenta para vocês! — a voz do padre reverberava até as nuvens e o oceano — Fujam para o buraco de onde vieram a não nos importunem! O deus do combate os comanda!

Mesmo Estus e Kólon, que viajam há muitos anos com o padre, ficaram impressionados. Os corpos secos urraram de medo e seus passos apressados causaram um leve tremor no solo. Corriam desesperados, sem rumo, caindo, batendo uns contra os outros.

De repente tudo era silêncio. Esgotados, os companheiros sentaram-se em volta da fogueira, beberam água e comeram o peixe queimado. Felizes por estarem vivos.

O sol despontava no horizonte e inundava a ilha com sua luz preguiçosa. Krule ajoelhado fazia uma prece a Artanos enquanto Kólon e Estus conversavam sobre como encontrar o veneno. Eles não perceberam que Nimgul vestia uma espécie de proteção em seu braço. Era como a manga longa de uma camisa feita de couro reforçado. Assim que terminou de amarrá-la, o elfo, para surpresa de todos, se levantou e correu.

— Barbaridade — sussurrou Estus.

— Mas que porcaria esse... — Kólon não terminou a frase porque assim como os outros percebeu que uma silhueta se movia no horizonte e era exatamente para lá que Nimgul corria.

Os Basiliscos pegaram suas armas e partiram atrás do elfo.

Quando a criatura viu Nimgul, em vez de fugir assustada ela avançou contra o elfo. Era uma mulher, sua pele arroxeada tinha grandes manchas verdes, a cabeça era desproporcional ao corpo e espinhos brotavam de suas costas.

A besta preparou o bote e saltou. Com movimentos mecânicos Nimgul colocou seu braço na frente e se preparou para o ataque. A criatura mordeu a proteção de couro com violência, sacudia a cabeça também com violência quase jogando elfo para longe.

— Matem a desgraçada! — Nimgul tentava se manter firme.

Kólon chutou a criatura, mas ela não se abalou e pulou para cima dele. O bicho derrubou o guerreiro e se sentou em seu peito, o peso esmagava suas costelas e era difícil respirar. Kólon tentou acertá-la com Durindana, mas a lâmina não penetrava a grossa pele. O monstro preparava o bote.

De repente uma adaga atingiu a garganta da criatura, o sangue borbulhava pela ferida. A criatura disparou para longe.

— Depois nós é que somos os insanos — Kólon limpava o sangue da lâmina da adaga arremessada por Estus. — Que correria maluca foi essa?

— Aqui está o veneno — o elfo mostrou a proteção de couro. — Quando vi a silhueta sabia que não poderia perder a oportunidade.

— E se não fosse a certa? — Krule ainda procurava no horizonte por mais alguma ameaça.

— Bom, como não era um corpo seco, imaginei que se alguém estivesse por perto seria quem os criou — disse com simplicidade o elfo.

— E isso em seu braço? — quis saber Estus.

— Foi uma ferramenta que desenvolvi para coletar veneno — Nimgul falava com orgulho de sua criação. — Existe uma camada de ferro e depois bolsas de couro que servem como receptáculos para o veneno. Uma vez que a criatura morde o couro, o veneno é injetado e recolhido.

— Engenhoso — Estus cutucou o couro.

— Não me lembro desta adaga — Kólon devolveu a arma para o mago.

— Foi um presente, amigos de terras longínquas — Estus olhava para a adaga de lâmina dupla.

— Bom, temos o que viemos buscar. Devemos nos apressar para ajudar Wahori — Krule pediu a Artanos que encontrassem o goryc bem.

— Sim, vamos sair desse lugar maldito enquanto é dia — Kólon guardou sua espada e caminhava em direção à praia.

A Torre Verde sumia nas nuvens cinzas que cobriam o céu. A garoa fina obrigava os aventureiros a se protegerem sob as árvores, Estus tinha proibido uma fogueira. Não queria que o Mago soubesse da presença deles.

— Nimgul, você guardou um pouco do veneno? — era a terceira vez que Estus perguntava.

— Fique tranquilo, fiz três frascos — o elfo retirou de sua vestimenta e mostrou — um para o Verde, um para mim e um para você.

— Esplêndido — Estus olhava para os lados, visivelmente nervoso.

A garoa se transformou em chuva e o frio corria até os ossos.

— O que você tem? — Krule sussurrou para que os outros não escutassem.

— Trebl espera que entreguemos todo o veneno para ele — limpou os pingos que escorriam por seu rosto —, mas não faremos isso. Estar aqui aos pés de sua Torre e tentar enganá-lo não há de ser boa coisa.

— De fato, boa coisa não é — o padre olhou para a Torre Verde.

Com passos pesados Kólon se aproximou.

— O que fazemos nesta maldita chuva? — perguntou o guerreiro sem paciência.

— Esperamos por ele — disse Estus com um sorriso apontando para o gnomo.

Kólon se virou assustado e encontrou Ligen a seu lado. O gnomo vestia uma capa para tentar se proteger da chuva.

— Um dia desses ainda corto você ao meio — disse Kólon com alegria — Como está sua mão?

— Boa como nova — ele movimentou os dedos com algumas cicatrizes.

— Seja bem-vindo — Krule saudou gnomo.

— O que descobriu? — Estus se levantou.

— Suas suspeitas estavam corretas, o Verde foi responsável por enviar Wahori a Edimgrir.

— Eu sabia — Estus fez uma careta — como ele conseguiu convencer o goryc a viajar?

— O Tesouro de Sviur.

— Essa obsessão de Wahori ainda vai acabar o matando — Estus olhou para o elfo. — Por favor, Nimgul, poderia entregar dois frascos do veneno parta Ligen? Não quero arriscar entrar com eles nos domínios do Verde.

Nimgul retirou os frascos e entregou para o gnomo, que os colocou em sua mochila.

— Mas por que o Verde mandaria Wahori para Edimgrir? — depois das palavras de alerta de Estus, Krule constantemente olhava para a Torre.

— De alguma forma Trebl sabia da existência do veneno e precisava de alguém que fosse até Edimgrir para coletá-lo.

— Wahori foi a isca perfeita — Kólon completou as palavras do humano. — O que faremos com o bastardo do Verde?

— Nada — a palavra saiu seca da boca do mago.

— Como assim? — o guerreiro estava surpreso. — Ele quase mata um dos Basiliscos e nós não faremos nada?

— Tenho que concordar com Kólon — o padre também parecia indignado. — Não podemos deixar ele escapar impune.

— Talvez um ataque discreto — Ligen olhou para a Torre. — Eu poderia entrar lá e cortar a garganta dele enquanto dorme.

— Não — Estus falou rispidamente — não podemos atacar o Verde, sua magia é poderosa demais. Precisamos ter paciência — o humano se acalmou — o que podíamos fazer foi feito — ele apontou para a mochila de Ligen — roubamos o seu precioso veneno. Ainda não é hora de acertarmos as contas com Trebl. Mas não tenho dúvidas que um dia o momento certo chegará.

Nimgul assistiu à discussão em silêncio. Apesar de ser amigo de todos, sabia que era uma decisão dos Basiliscos e não deveria se intrometer. Olhou mais uma vez para a Torre Verde, grossos pingos de chuva atrapalhavam sua visão, sabia que lá dentro, sentado em sua cadeira, o Mago Verde sorria por crer que tinha usado os Basiliscos como bem entendera. Tinha obtido sua vitória.

Foi a vez do elfo sorrir, pois sem saber o Mago provavelmente tinha definido seu destino. Ninguém lida com os Basiliscos e sai impune, seja para o bem ou para o mal.

8

A neve estava escura por causa da lama, acumulava-se em um monte cada vez maior. Kólon continuava seu trabalho, o suor escorria por seu rosto, os braços estavam cansados, mas ele não desistia. Continuava jogando a terra por cima do ombro esquerdo, cavando. Estus olhava tudo com reprovação, o sol refletia na paisagem branca e fazia com que sua vista ficasse incomodada pela claridade. A única coisa que o consolava era poder fumar seu cachimbo sem nenhum incômodo.

— Lembre-me — disse o mago enquanto olhava a fumaça ser levada pelo vento — o que mesmo estou fazendo aqui?

— Foi depois de ler o seu livro, "Ira dos dragões" — Kólon jogou mais lama sobre o monte — que tive a ideia de procurar pela armadura de Grendir[8].

— E de que adiantaria encontrar a armadura dele?

— Era mágica.

— Em meu livro, pelo que me recordo, não existe nenhuma menção sobre a armadura de Grendir ser mágica.

Kólon parou e olhou para Estus. Tinha um largo sorriso.

— A parte da armadura ser mágica foi Wahori que me contou — sabia que o mago não gostaria daquilo — realmente está faltando esse dado em seu livro.

— Faltando... — Estus se levantou — Wahori. Eu sabia que de alguma forma ele estava metido nisso.

O vento soprou forte.

— E por que você não trouxe Wahori? — bateu os pés para tentar aquecê-los.

---

[8] Para saber sobre Grendir leia o conto O Herói Esquecido no livro *A Ira dos Dragões*.

— Ele tinha um compromisso.

— Eu acho que depois da visita a Edimgrir, sua cabeça não anda funcionando muito bem — Estus saiu resmungando.

— Se você me ajudasse, tudo seria mais rápido.

O mago procurou em seu casaco, era feito de pele de urso, e segurou em suas mãos uma pedra branca. Apertou o objeto e murmurou algumas palavras. Um leve brilho escapou por entre seus dedos.

— Não há nada aqui — disse Estus se levantando, suas mãos estavam vazias.

— Por que não usou magia antes? — Kólon pulou para fora do buraco.

— Achei que você estava precisando se exercitar um pouco — o mago sorria.

O guerreiro deu um tapa nas costas do mago, sabia que Estus relutava em usar suas magias quando era possível executar a tarefa sem a ajuda das ciências arcanas.

— Vamos para a estalagem.

— Foi a primeira coisa sensata que você disse em um bom tempo — Estus jogou fora o tabaco queimado de seu cachimbo.

O fogo na lareira crepitava e o guagua, uma bebida típica de região que os locais não dizem a receita nem sob a lâmina de um machado, esquentava até a alma. Estus deixou o copo vazio sobre a mesa.

— Esta bebida é uma verdadeira maravilha — fez uma reverência ao estalajadeiro.

— Obrigado — disse o homem sem jeito — mas se permitem lhes dar um conselho, acho que deveriam seguir viagem hoje mesmo.

— Neste frio? — Estus sorriu. — Prefiro o calor de sua lareira e do guagua.

174

— Desculpe dizer desta maneira, — ele hesitou por um instante — mas os senhores não são bem-vindos.

Estus e Kólon olharam espantados para o homem.

— Não aqui — o estalajadeiro tentou sorrir — meu estabelecimento sempre está aberto aos viajantes, mas o povo, sabe, ele não está muito alegre com a presença dos senhores.

— Por Grannarf, homem — Kólon se impacientou — diga de uma vez o que se passa.

— O povo sabe que os senhores estão atrás da armadura de Grendir, isso não é bom.

— Por quê? — Estus se serviu de mais guagua.

— Grendir é um nome maldito, matou muita gente, é mau agouro — o estalajadeiro coçou a cabeça — de coisa ruim já temos o frio. Não precisamos que maldições do passado caiam sobre nós.

— Maldições podem ser derrotadas — as palavras de Kólon eram animadas, talvez pelo guagua — ficaremos mais alguns dias.

— Como o senhor desejar — o estalajadeiro fez uma mesura — só rogo que não tragam problemas para meu estabelecimento.

Uma risada estridente ecoou pelo salão. O lugar estava vazio, o frio mantinha todos em casa. Somente uma mesa no canto estava ocupada. Um velho de barba suja e dentes podres se equilibrava sobre uma cadeira.

— Posso ajudá-lo, meu bom Hagtar, — disse o velho tentando se levantar — em troca de alguns canecos de cerveja. O que me diz?

— Ninguém falou com você, velho — o estalajadeiro se virou para os viajantes — não prestem atenção nas palavras dele, senhores, a bebida acabou com sua sanidade.

— Bobagem, estou perfeitamente bem — o velho levantou-se, seu corpo balançava como capim ao vento — posso resolver todos os problemas dos senhores. Basta molhar minha garganta e ouvir minhas palavras.

Estus procurou por seu cachimbo. Sabia que Kólon não resistiria àquilo e pagaria cerveja para o velho. Recostou-se na cadeira, já tinha ouvido muitos bêbados de estalagens para saber que seria uma história longa.

Como previsto, Kólon sinalizou para que o sr. Hagtar servisse o velho. A muito contragosto o estalajadeiro colocou um grande caneco de cerveja espumante para o velho que agora tinha, não se sabe bem como, caminhado até perto da lareira e sentado perto deles. O cheiro que exalava do homem era forte.

— Obrigado, senhor — deu um longo gole, metade da cerveja já tinha sumido. — A história que vou lhes contar resolve todos os problemas mencionados esta noite. Hagtar não terá confusão em seu estabelecimento, os forasteiros vão embora logo e o nobre guerreiro encontrará sua armadura — tomou o restante.

Kólon pediu para que mais um caneco fosse servido.

— Oh, que generosidade — mais uma vez o velho bebeu metade do caneco e pigarreou. — A história que vou narrar aos senhores me foi contada por meu avô e é uma tradição em minha família. Posso traçar meu sangue até os primeiros homens que aqui habitaram.

Por cima do ombro do velho, o estalajadeiro fazia sinais de que o homem era louco.

— E digo com certeza que sei o destino da armadura de Grendir — bebeu o resto da cerveja — ela está no covil de Mawnkyn.

O bêbado esperou que suas palavras causassem um grande impacto nos ouvintes, mas Estus e Kólon permaneciam olhando seu rosto sem grande interesse aparente.

— Nas entranhas das montanhas espreita uma terrível besta, tão velha como a própria rocha, esperando por sua próxima presa. Mawnkyn se alimenta dos corpos das vítimas do frio — o velho bateu o caneco vazio na mesa, Kólon moveu os dedos indicando que Hagtar deveria continuar trazendo bebida — seu gosto é por carne morta, mas não se enganem. Se ela os encontrar, sua vida chegará ao fim.

Kólon e Estus trocaram um olhar, lembravam-se de ter visto a terra revirada em vários pontos durante a travessia das montanhas. Kólon achou que eram caçadores de tesouros que como eles, procuram pelo corpo de Grendir.

— Seu pelo é branco, longo e espesso. Espadas e machados não podem feri-lo. Seus dentes grandes como adagas e muito mais afiados — mais cerveja desceu por sua goela — e suas garras rasgam armaduras como papel. É impossível derrotá-lo.

De repente ficou em silêncio, seus olhos encaravam a caneca. Estus achou que a pobre criatura fosse desmaiar de tanto beber.

— Poderia nos guiar até os domínios da criatura? — Kólon com um aceno pediu para que Hatgar não trouxesse mais cerveja.

— Claro! Vamos caçar tesouros — quase gritou — seu covil está repleto de tesouros. Mawnkyn se alimentou de Grendir e levou seus tesouros! Meus ancestrais lutaram com ele! Morra criatura maldita! Eu sou o rei! Maldito frio!

O velho vomitou. Fez alguns sons bestiais e caiu desmaiado no chão.

— Pelas barbas de Venish! — exclamou Hagtar — Toda a noite é assim — o estalajadeiro já estava com um balde e esfregão na mão — pobre Bext, bebe como se sua vida dependesse disso e acaba no chão. Os senhores perdoem o seu comportamento, mas sua vida foi sofrida. Era um grande caçador, porém perdeu a mulher e o filho para o frio.

— Não se preocupe — Kólon se ajoelhou para erguer o velho — vou levá-lo para casa.

— É muito bondoso, senhor — Hagtar jogou água sobre o vômito — sua casa é no fim da rua.

Kólon saiu pela porta e um vento frio invadiu o salão. Hagtar se ocupava da sujeira de Bext e Estus estava próximo da lareira, fumando seu cachimbo e bebendo guagua. Meditava sobre a história de Mawnkyn.

Quando Kólon voltou, Estus estava sozinho no salão, o guerreiro tinha o rosto cansado, mas ainda assim sentou-se com o amigo diante do fogo.

— O que acha? — Kólon serviu-se de guagua.

— Nunca ouvi falar de Mawnkyn, — o mago sorriu — mas também nunca tinha escutado sobre a armadura de Grendir ser mágica e ainda assim aqui estou.

— Lembro-me de ver grandes buracos na terra, na região das montanhas — tomou um longo gole do líquido quente.

— Sim, também me recordo. Creio que na atual situação, sem a vaga ideia de como descobrir o paradeiro da armadura, não faria mal escutarmos as palavras de um bêbado de estalagem.

— Não seria a primeira vez — Kólon ergueu seu copo. — A Mawnkyn!

— Espero que funcione como das outras vezes — Estus tocou seu copo no de Kólon.

E assim ficou decidido que seguiriam as palavras do bêbado e no dia seguinte partiam para caçar a besta conhecida como Mawnkyn.

A manhã trouxe um sol forte e céu límpido, o vento continuava tão gelado que machucava. Kólon comia um belo prato de ovos com pão enquanto olhava contente pela janela. Apesar do frio, era um bom dia para viajar, sem chuva ou neve. Estus ainda não tinha descido de seu quarto, o mago dificilmente acordava cedo.

Depois de terminar a refeição e sem sinal do mago, ele decidiu seguir até a casa de Bext, era improvável, mas talvez ele estivesse em condições de viajar. Kólon estava ansioso para encontrar a armadura, também levava em conta a animosidade que a vila tinha por ele e Estus, mas acima de tudo queria sair o quanto antes daquele frio.

As casas eram escavadas em enormes morros que se espalhavam pela vila, a terra era a única maneira de mantê-las um pouco mais aquecidas e habitáveis. Passou por um grupo de homens que caminhavam em fila. Levavam pás e outras ferramentas, seus casacos de pele de urso sujos de lama, eram os construtores. Homens que dedicavam sua vida para mover a terra e construir os morros que serviram de morada para os outros. Ser um construtor era motivo de grande orgulho, junto com os caçadores desempenhavam a função mais importante da vila. Eram sempre reverenciados pelos moradores.

A caminhada foi breve, porém o rosto de Kólon queimava pelo frio e era preciso movimentar os dedos a todo instante para que não doessem. Bext morava em um morro pequeno, sua casa era marcada por uma porta triangular azul e uma janela de vidros sujos. Para imensa surpresa do guerreiro o velho estava diante da casa, fumava um cachimbo e carregava um punhado de lenha para o interior do morro.

— Olá — Kólon saudou o velho com alegria, apesar da surpresa, era bom ver Bext em condições de viajar — nada como uma boa noite de sono, não?

O velho virou-se com o olhar perdido e um leve enrugar acima das sobrancelhas. Por um instante o guerreiro pensou que a noite passada não passasse de um borrão na memória de Bext.

— Salve — o velho sorria — vejo que está animado para iniciar a jornada. Temos sorte o frio nos deu uma trégua hoje.

O coração de Kólon se alegrou. Realmente estava ansioso para seguir os passos de Mawnkyn. Além da armadura de Grendir, medir forças com a poderosa criatura era algo que fazia o sangue do guerreiro acelerar. Uma boa luta trazia uma felicidade imensa a Kólon e a reputação que acompanhava a vitória também o alegrava.

— Quando podemos partir?

— Basta arrumar algumas coisas aqui em casa — Bext soltou fumaça pela boca — daqui a pouco estarei em frente à estalagem, pronto para partir.

Despediu-se de Kólon e entrou em sua casa.

Com passos apressados pegou o caminho de volta a estalagem. Passou pelo grupo de construtores, homens endurecidos pelo trabalho e pelo frio, carregavam uma grande quantidade de terra escura em direção a um pequeno morro. Em seus ombros estavam presos grandes cestos, o peso deveria ser tremendo e ainda assim caminhavam sem demonstrar dificuldade. Levavam a terra e a despejavam com o auxílio de ferramentas. Outro construtor usava uma pá para compactar a terra.

Encontrou Estus bebendo café, o mago estava com o rosto cansado e seus olhos demonstravam que não dormira o suficiente. Kólon sentou-se e pediu um café quente.

— Podemos prosseguir?

— Acha que podemos confiar no velho? — Estus bebeu o café, um longo gole.

— Não sei — Kólon tamborilava na mesa. — Hoje quando o encontrei ele parecia que tinha tido uma bela noite de sono, como se não tivesse bebido nenhuma caneca de cerveja a noite passada.

— Os despreocupados vivem sem consequências — o mago bebeu todo o café.

— Pode ser — Kólon agradeceu a atendente que deixou a xícara sobre a mesa — de qualquer forma não faríamos nada diferente do que estamos fazendo, vagar por aí procurando a armadura — Estus concordou com um aceno. — Bem, vamos nos preparar. Logo Bext vai estar aqui.

Terminaram de tomar o café e foram para seus quartos buscar os pertences para a viagem, quando retornaram, o velho já estava na porta. Levava uma grande mochila de couro e uma bengala.

Hagtar balançou a cabeça desaprovando, porém Estus e Kólon seguiram Bext. O vento golpeava com força quando deixaram a proteção da vila e enfrentaram o terreno aberto. Bext os guiava com passos decididos e talvez soubesse realmente o que estava fazendo.

Como na noite anterior o fogo precisava ser defendido do vento a todo custo. Bext fazia o acampamento perto de uma montanha, mas de alguma maneira o vento sempre passava pelo obstáculo não importa qual montanha fosse ou sua altura. Kólon sugeriu fazer um buraco e montar a fogueira em seu interior, contudo a terra era dura e chegar à profundidade ideal demandaria um esforço brutal e uma energia da qual não dispunham mais. O resultado era que a todo momento o fogo se extinguia e era preciso reanimá-lo. Noites frias e mal dormidas.

Contudo Bext permanecia animado e parecia não sentir a falta de sono e comida. O alimento era outro problema, as provisões rareavam e não tinham visto um animal ou planta que pudesse ajudá-los.

— Creio que nossa jornada tenha chegado ao fim — Estus olhava para o fogo que dançava com o vento. — Se continuarmos insistindo, o frio nos matará.

— Mas ainda não encontramos a criatura ou a armadura de Grendir — Bext virou-se para Kólon.

O guerreiro olhava em silêncio para a noite, procurando alguma coisa na escuridão que pudesse animá-lo a continuar. O fogo se apagou. Bext correu para reavivá-lo e o fez com grande maestria. Em instantes a chama ressurgiu.

— Mas, senhores, — sentou-se — sinto que estamos perto. Acredito que depois daquela montanha encontraremos o local.

— Foi o que você disse a — o mago parou por um instante — já nem consigo me lembrar quantas noites atrás. Kólon, é loucura continuarmos nisso — Estus olhava para o guerreiro — somos amigos há muito tempo e sabe que eu não abandonaria uma aventura. Mas isso é uma busca sem esperança. Como encontraremos qualquer coisa por aqui se tudo que vemos é neve e rocha?

Bext também olha ansioso para o guerreiro. Das outras vezes, Kólon tinha cedido a ganância de possuir uma armadura lendária. Seu orgulho falara mais alto e decidira por continuar a busca pela fama de matar uma criatura como Mawnkyn.

— Estus está certo — era difícil admitir a derrota para o guerreiro — sinto meus braços cansados, minhas pernas já não caminham com o mesmo vigor. Desta vez o frio foi vitorioso.

— Não é possível, eu esperava mais dos senhores. Onde está a sua corag... — as palavras do velho foram interrompidas pelo susto.

Kólon ergueu-se com um pulo e Bext achou que seria atacado. Mas o guerreiro limitou-se a se retirar e se deitar. Nenhuma outra palavra foi dita aquela noite.

Não conseguia sentir as pernas, os dedos das mãos também pareciam ausentes. Abriu os olhos, dia, o vento continuava soprando. O frio mordiscava seu rosto. Tentou se levantar, a cabeça doía, conseguiu se apoiar sobre os cotovelos. Percebeu os restos da fogueira, estava no acampamento. Reuniu suas forças e tentou mexer as pernas. Gritou. A dor era terrível, mas lentamente foi sentindo os músculos responderem seu comando. Com esforço ficou em pé. Tentava a todo instante mexer os dedos, mas estavam duros. Pareciam congelados.

Percebeu que tudo que vestia era uma camisa e uma calça fina. Procurou por suas roupas, mas não viu nenhum sinal. Estus! Por Grannarf!

Tentou caminhar até seu amigo, mas um simples passo era uma tarefa difícil. Estus tinha um corte no lado esquerdo da cabeça, seu sangue manchava a neve. Também estava sem casaco.

— Fomos atacados — Kólon amparou o amigo que parecia atordoado e confuso. — Venha, precisamos nos aquecer.

— Foi Bext — murmurou o mago — uma armadilha, ele nos trouxe para uma armadilha.

A decepção o atingiu como a lâmina de um inimigo, tinha confiado no velho caçador. Kólon decidiu não esperar por mais palavras do mago. Com cuidado colocou Estus sobre seu ombro esquerdo e tentou se locomover sobre a neve. Procurou por um local onde poderiam se proteger do vento, mas tudo que viu foi um punhado de rochas. Teria de servir.

De repente escutou o barulho de ossos sendo partidos. A criatura surgiu de trás de uma pequena elevação. Seu pelo era branco, as patas negras e a cabeça alongada, lembrando um crocodilo. E sua altura era maior que a de um humano. Uma criatura fascinante. Sem dúvida de tempos antigos. Kólon jamais tinha visto algo parecido.

Mawnkyn.

Em sua boca balançava Bext, os dentes longos e afiados cravados em sua carne morta. A criatura deixou o corpo do velho cair na neve, voltou seus olhos negros para Kólon e rosnou.

O instinto ordenou que as pernas se movessem. Seguia para as rochas. Sem Durindana, fugir era a única chance. Não poderia lutar. Estus estava inconsciente. Seus pés afundavam na neve e a cada passo imaginava que o seguinte seria o último. Estava difícil respirar.

Mawnkyn se movimentava com muito mais facilidade, seu corpo deslizava pela neve com a ajuda das patas. A criatura não precisava de velocidade, em um lugar desolado como aquele o mais importante era guardar energia. Alcançar a presa era somente uma questão de tempo.

As rochas se aproximavam, não eram maiores do que o próprio Kólon e ele julgava que em nada adiantariam contra Mawnkyn. Mas precisava ter um objetivo, tentar alguma coisa, não poderia simplesmente se entregar sem lutar. Precisava resistir.

Sua primeira ideia era encontrar alguma forma de subir nas rochas e lutar com a criatura. Uma vez no topo teria a vantagem da altura e talvez encontrasse algo que pudesse usar de arma. Mawnkyn se aproximava, já podia sentir seu hálito. O cheiro de carne em decomposição. O cheiro da morte. Procurava por um apoio para começar a escalada quando percebeu uma mancha escura entre duas rochas. Uma passagem.

Novamente o instinto o guiou e Kólon pulou. A brancura da neve foi dominada pela escuridão. O espaço era pequeno, mas não era tão frio quanto lá fora e a passagem era estreita. Mawnkyn não conseguiria entrar. Era o suficiente.

Kólon olhou por entre a abertura na pedra, a criatura parecia estar voltando suas atenções para Bext. Ao que tudo indicava Mawnkyn não precisava se esforçar para encontrar comida e Kólon e Estus não valiam a luta. O guerreiro se sentou, estava exausto. Sem perceber seu corpo foi se deitando, os olhos pesando, não tinha mais força para deixá-los abertos.

Estus estava sentado no chão, apoiava os dois cotovelos sobre os joelhos e segurava a cabeça com as mãos. Vestia um casaco de pele de urso, carcomido pelo tempo e muito sujo de terra. Não saberia dizer o quanto dormira, mas sentia-se melhor. O frio não incomodava tanto.

— O que aconteceu? — o guerreiro se aproximou de seu amigo e apontou para as roupas que usava. O casaco de pele de leopardo que usava era velho e rasgado, mas pelo menos aquecia.

O mago levantou a cabeça, os olhos estavam fundos e cansados.

— Encontrei alguns viajantes — o mago olhou para uma pilha de ossos — eles não se importaram em emprestar algumas coisas para nós — Estus deu dois leves tapas em um livro de capa verde. — Foi uma emboscada. Bext nos levou até os bandidos — coçou a barba — foi Trebl.

— O quê?

— Tentaram nos drogar, mas por alguma razão acordei — passou os dedos sobre o ferimento — presenciei a conversa de Bext com os outros, procuravam pelo frasco de veneno.

— De Edimgrir.

— Exato. Pelo pouco que pude ouvir, Bext foi contratado para nos trazer até aqui, alguma dívida antiga — tossiu — não compreendi bem.

— E o veneno?

Estus sorriu.

— Evidente que não trago o frasco comigo — falou com orgulho — o veneno está em um lugar seguro. Trebl é um idiota de imaginar que estaria comigo.

— Pode ser, mas esse idiota quase nos matou, foi por pouco que escapamos de Mawnkyn.

Não foi preciso dizer palavra alguma, a expressão no rosto do mago já mostrava sua surpresa.

— Você não viu a criatura?

— Kólon, creio que você estava delirando por causa do frio — Estus falava com seriedade — Mawnkyn foi uma invenção de Bext, uma forma de nos atrair para cá.

— Não, a lenda é real, eu vi o monstro — Kólon disse secamente.

— Não importa — disse Estus depois de um breve silêncio — se não conseguirmos sair daqui com vida, qualquer discussão que tenhamos será em vão.

— Precisamos procurar por comida e de alguma forma voltar à vila.

— Como, se não temos a menor ideia de onde estamos ou que direção seguir?

— Não sei — Kólon ajeitou seu casaco — mas é o que precisamos fazer.

O guerreiro caminhou até a abertura nas rochas e olhou para fora. O vento empurrou seus cabelos e o casaco tremeu. A neve que caía dançava violentamente no ar e a paisagem era de uma alvura ímpar, até mesmo o céu repleto de nuvens era branco.

— Talvez encontrar a vila seja mais fácil — ele sorriu — comida será uma tarefa impossível.

— Tenho um plano, poderíamos...

— Quieto — Kólon interrompeu o amigo — escute.

Os dois ficaram em silêncio, mas tudo que escutavam era o vento rugindo lá fora. De repente surgiram vozes.

— Vamos! — Kólon correu para fora.

Estus apertou o livro embaixo do braço e se juntou ao amigo. Quando conseguiu alcançar o guerreiro, ele estava entre três caçadores. O mago lembrou-se de um dos rostos, vira-o na taverna de Hatgar. Estavam salvos.

186

— Ainda bem que estavam passando por aqui — Kólon dizia ao grupo — tivemos sorte de encontrar vocês.

— Na verdade, sempre fazemos essa rota quando saímos da vila — o caçador cuspiu, mascava tabaco — é a única maneira de não nos perdermos. Seguir o mesmo caminho sempre.

— Então no final, Bext não nos deixou para morrer, sabia que essa era uma rota de caçadores e alguém nos encontraria — murmurou Estus — foi só mais um pobre coitado que cruzou o caminho de Trebl.

Um dos caçadores, com um bigode espesso e uma cicatriz no rosto, ofereceu guagua para os aventureiros. Bastou alguns goles para a bebida aquecê-los. Receberam também pão e um pouco de batata, os caçadores levavam a batata já cozida e temperada. Foi uma breve refeição, mas o suficiente para se sentirem melhor.

— Acha que seria possível encontrar o rastro de outros viajantes? — Estus terminava seu pão.

— Amigos seus? — o caçador que usava um gorro perguntou.

— Os desgraçados que roubaram nossas coisas — respondeu Kólon com um sorriso. A chance de perseguir os bandidos animava o guerreiro.

— Quando foram atacados? — os dentes estavam manchados pelo tabaco.

— Não saberia dizer — Estus coçou a cabeça — mas não deve ser mais do que dois.

— Vai depender da neve e do vento — o caçador do gorro olhou para seus companheiros — mas podemos tentar.

O vento estava mais brando e seguiram conversando até as pedras onde Estus e Kólon se esconderam. Os caçadores se aproximaram da entrada e se agacharam. Analisavam a neve e trocavam algumas palavras. O do bigode a todo instante alisava seu rosto, torcendo os pelos. O que levava o gorro, usando seu dedo, desenhou alguns símbolos na neve.

O que mascava tabaco se levantou.

— Estão com sorte, o tempo nos ajudou, a neve está compacta e o vento não atrapalhou. Vamos seguir em frente, os sinais que Kólon deixou quando chegou até aqui estão claros como uma manhã depois da nevasca.

— E de uma criatura grande? — Kólon soava ansioso.

— Existem rastros de outros animais, grandes, pequenos, é difícil precisar todas as criaturas que passaram por aqui.

Kólon deu um leve empurrão em Estus com seu cotovelo.

— Vamos seguir em frente — as palavras do mago foram frias.

Foi sem grandes dificuldades que chegaram ao local onde Estus, Kólon e Bext tinham acampado. Mais uma vez os caçadores se agacharam e examinaram a neve. Dessa vez trocavam palavras com maior frequência e pareciam divergir sobre o rastro.

O que mascava tabaco e o que tinha a cicatriz apontavam para uma direção, mas o outro discordava e dizia que era por outro caminho.

— Está errado — dizia o do bigode — são quatro e não três.

— Exatamente — respondeu o que levava o gorro — aqui temos quatro — e apontou para o chão — ao contrário de onde vocês dizem que são três.

— Dois rastros são iguais — ele caminhou até seus companheiros e apontou com o dedo — a mesma pessoa passou por aqui duas vezes.

— Não — disse o da cicatriz — aqui temos quatro e aí três.

— Mas eles dizem que a direção que você aponta tem somente três — Kólon tentava ver alguma coisa na neve, mas tudo que via eram buracos.

— Exato — o caçador sorriu — porque um deles foi carregado. Estava ferido. Três rastros, mas quatro ladrões.

— Teríamos sangue — o caçador cuspiu o tabaco de sua boca.

— Se um dos bandidos não tivesse limpado a neve — ele mostrou pequenos buracos ao lado das pegadas, como se alguém tivesse recolhido pequenas quantidades da neve.

— Ele está certo — Estus apontou para o caçador com o gorro. Sorria de satisfação — eram quatro e eu feri um deles.

Diante das palavras do mago não restava nada a fazer a não ser seguir em frente.

Caminharam por quase todo o dia, Estus e Kólon sabiam que, se não fosse pela experiência dos caçadores, já teriam se perdido e sem dúvida morreriam naquele lugar. Mas conseguiram chegar até uma ravina, lá embaixo um pequeno rio levava a neve derretida embora e um grupo de quatro viajantes tentava acender uma fogueira.

— Não esperava que ainda fôssemos encontrá-los — confidenciou o caçador de bigode. — Se eu tivesse assaltado alguém iria o mais rápido possível para longe.

— Vocês que são nativos desta região não sabem a dificuldade que é se locomover por aqui — Estus olhava atentamente para o grupo — e eles tinham certeza de que morreríamos. Confiaram que o frio terminaria o serviço para eles.

— Nunca se deve deixar o serviço para outro — Kólon soava animado.

— O que vamos fazer? — perguntou com alegria o do gorro, o mais jovem dos caçadores.

— Salvaram nossas vidas e nos trouxeram até aqui — Kólon sorriu — seria demais pedir que lutassem por nós. Mas se pudessem esperar e nos ajudar a retornar para a vila quando tudo estiver terminado, seria um grande favor.

Os dois mais velhos assentiram. Sabiam que sua função era importante para a vila, os caçadores eram responsáveis por alimentar a todos e não arriscariam a vida em uma luta. A experiência também dizia que aqueles eram adversários além de suas capacidades.

— Poderia me emprestar sua espada? — Kólon apontou para a arma que o bigodudo levava. Prontamente o caçador passou a espada para o guerreiro — Obrigado. É mais um favor que fico devendo a vocês.

— Vamos tirar nossos casacos — Estus começou a se despir da pele. — Se eles pensarem que estamos desesperados vão nos subestimar. Irei sozinho, você espera que eles venham me atacar e então os surpreende pelas costas. Cuide muito bem disso — ele entregou o livro para o caçador bigodudo — vale mais do que a vida de todos nós.

— Eu poderia seguir por ali — o guerreiro apontou um caminho que descia pelo lado esquerdo da ravina — teria uma boa posição para ataque.

— Preciso chegar até a mochila — o mago apontou para uma mochila de couro que estava ao lado da fogueira, entre os quatro ladrões.

— É um longo caminho, tem certeza de que conseguirá? — o temor de Kólon era se algum dos ladrões persistisse em atacar Estus mesmo depois que ele surgisse pela retaguarda. Um mago sem suas magias não pode fazer muito contra o aço das armas.

— Fique tranquilo, quando virem o seu ataque irão para cima de você — Estus sorriu — eles sabem que sou somente um velho correndo sem casaco pela neve.

O guerreiro assentiu e o mago saiu tremendo de frio. Andava com dificuldade e parecia cansado, mas cantarolava uma cantiga.

Os ladrões tinham conseguido acender o fogo e agora suas atenções estavam voltadas para um mirrado pedaço de carne que girava em cima da fogueira. Para aquelas terras era um banquete.

Kólon seguiu para a sua posição, levava a espada na mão direita e a todo instante encarava os inimigos. Parecia tenso, alguma coisa o perturbava. Não gostava do fato de Estus se expor daquela maneira, não duvida do poder do mago, mas a posição vulnerável o incomodava. Estus era impulsivo e não era raro se arriscava sem necessidade, porém os anos acumulavam-se sobre seus ombros e esse peso um dia poderia ser fatal. Apressou o passo, logo o mago faria sua aparição e Kólon precisava estar pronto.

Os bandidos disputavam cada pedaço da carne, estavam cansados e com fome. O frio também era um poderoso adversário para eles. Demoraram a perceber a presença de Estus. O mago estava a apenas alguns passos, vestia somente uma camisa e uma calça leve, os pés pisavam sobre a neve. Andava arcado, arrastando a perna direita, os braços magros caídos ao lado do corpo.

— Vejam só quem conseguiu nos encontrar — disse um goryc — realmente é uma proeza que tenha sobrevivido.

Estus parou. Ficou olhando para o grupo em silêncio.

— Quer um pouco de comida, velhote — um anão balançou um pedaço de carne na direção do mago.

— Vai ver o frio congelou sua língua — completou um kuraq.

— Vamos terminar de uma vez com isso — o humano empunhou uma espada de duas mãos e começou a caminhar em direção a Estus. — Ainda preciso responder ao seu golpe — apontou para o curativo que tinha no ombro.

O mago permanecia parado, encarando profundamente o humano. Os passos se tornaram mais rápidos e logo ele corria, a longa lâmina da espada apontada para o peito de Estus.

O grito ecoou pela ravina, a lâmina entrou pelas costas e rasgou o peito pela frente, o sangue escorria pela boca em grande quantidade. O anão caiu para a frente, rolando por sobre a fogueira. O goryc e o kuraq não acreditaram quando Kólon surgiu, a lâmina de sua espada ensopada com o sangue do anão.

O humano hesitou por um instante, o corpo se moveu em direção aos seus companheiros, porém os olhos ainda estavam fixos em Estus e seu próximo passo foi em direção ao mago.

O golpe seguinte atingiu o kuraq no peito, abrindo um vasto rasgo na carne, o bandido caiu para trás manchando a neve de vermelho. O goryc foi rápido e conseguiu empunhar seu machado. Defendeu o primeiro golpe e encarou Kólon. O guerreiro tinha o rosto salpicado pelo sangue dos inimigos e os olhos ardiam em fúria.

Na mente de Kólon tudo que ele pensava era em matar os inimigos o mais rápido possível, percebia a situação que Estus se encontrava e sabia que somente ele poderia evitar que o mago fosse massacrado.

O goryc atacou, a lâmina do machado veio pelo flanco esquerdo. Kólon desviou e brandiu sua espada em direção ao joelho do ladrão. O estalo do osso arrebentando pôde ser ouvindo pelos caçadores lá no alto, o goryc caiu e imediatamente Kólon golpeou o pescoço. O corpo inerte e sem cabeça também caiu sobre a mochila de couro. O guerreiro olhou para Estus. O humano baixava a lâmina sobre o pobre velho que permanecia parado.

— Não! — berrou Kólon com todas as suas forças.

A flecha não se importou com o vento, a neve ou a distância. Seguia em seu trajeto sem nenhuma alteração, as penas vermelhas vibravam. A ponta de ferro encontrou a carne, o pescoço do humano. O ladrão caiu para o lado, mas a sua lâmina continuava descendo em direção a Estus. O golpe encontrou o braço do mago.

A neve queimava sua pele e o sangue fluía do corte em seu braço, mas ele sorria quando Kólon se aproximou.

— Por que sorri?

— Foi uma bela luta, não?

— Você podia estar morto, foi por muito pouco.

— E você esteve estupendo — o mago se levantou, apesar do sangue, o corte era superficial.

— Como sabia que o caçador iria atirar?

— Ele é jovem, caçadores sempre são bons com arcos, tem uma mira afiada e diante de seus golpes qualquer um se sente encorajado a lutar.

Os caçadores desceram exultantes, o que usava gorro tinha o arco ainda nas mãos.

— Não acredito no que aconteceu — o bigodudo segurava o livro nas mãos — vocês derrotaram todos.

— Foi tão rápido — parou para cuspir o tabaco — mais rápido que uma cuspidela.

— Tudo teria sido em vão se não fosse por nosso arqueiro — Estus indicou o mais jovem.

Ele corou e seus amigos bateram em suas costas com palavras de aprovação. Entregaram os casacos e os aventureiros vestiram suas peles, agradecidos pela proteção contra o frio. Kólon levava no ombro a mochila com os pertences do mago. Durindana estava novamente em suas costas.

— E agora o que fazemos? — disse com animação o caçador que usava gorro.

— Vamos para a vila — Estus enfaixava seu braço — preciso de uma boa lareira e um copo de guagua.

Para decepção do arqueiro todos concordaram com as palavras do mago e o grupo seguiu seu caminho rumo à estalagem de Hagtar. Kólon caminhava com a imagem da criatura em sua mente, tentando convencer a si que era real e não apenas uma ilusão causada pela neve. Estus sorria e, apesar da exaustão, os pés moviam-se com destreza, ansioso para chegar a seu destino. Abraçava o livro que encontrara e não se cansava de olhar para a capa rajada de verde.

9

O mar batia contra a rocha e a espuma branca descia pela superfície lisa e escura. O lugar não tinha mais do que cento e setenta passos, Estus contou, e uma parca vegetação desafiava o improvável e crescia ali. O fogo, feito dos restos da embarcação, era protegido por um amontoado de pedras na parte sul da ilha, molhados e tentando se proteger do interminável vento estavam Estus, Kólon, Varr e Krule.

Além dos Basiliscos, uma figura silenciosa tentava esquentar suas mãos no fogo. Era uma humana, a pele lembrava o cobre e era típica dos habitantes das cidades livres do Sul. Seus olhos eram verdes e carregavam uma tristeza singular. Com cautela ela embrulhou seu arco e as flechas em um pedaço de couro e passava o dia verificando se tudo estava seco. Trocou poucas palavras durante a viagem, tudo que sabiam era seu nome. Otsi.

Os viajantes tentaram encontrar alguma saída, mas a ilha parecia ser um ponto perdido na imensidão do oceano. Não existia uma rota de fuga possível. E se não fosse a solução que Estus encontrou para filtrar a água e os peixes que vinham se alimentar nas pedras, sem dúvida a fome ou a sede teria matado a todos. De repente o estalo de madeira avisou que uma das varas de pesca tinha se partido.

— Ah, que bela notícia — resmungou Kólon — lá se vai uma de nossas fontes de comida.

— Se isso quer dizer menos peixe — Estus sorriu — talvez seja uma boa notícia.

Sempre em silêncio Otsi começou a desembrulhar seu arco, movimentos precisos. De um dos bolsos retirou uma corda e sem nenhum esforço aparente encordoou a arma. Com cuidado foi colocando as flechas sobre a rocha da ilha, ajeitando qualquer desalinho que as penas verdes rajadas de amarelo pudessem ter. Os Basiliscos se olharam sem compreender o que a arqueira fazia.

Colocou uma flecha em posição, retesou o arco e disparou. Ela cortou o ar em grande velocidade e acertou a criatura no ombro esquerdo. A pele era lisa, com tons que variavam do azul ao cinza escuro, os braços longos seguiam até os joelhos e terminavam em garras finas. O rosto era redondo, com olhos sem pálpebras e uma boca diminuta, repleta de dentes afiados. Eram sete e vinham armados de espada e lanças. Os Basiliscos reagiram, armas em punho e sorrisos. Uma boa briga era tudo que desejavam para espantar o tédio e manter o corpo aquecido.

Enquanto os outros seguiam para o combate, Estus ficou mais atrás, perto da fogueira. Era como os Basiliscos iniciavam um combate. O mago esperava e tentava compreender a real ameaça, sua capacidade de observação muitas vezes era mais eficiente que outras ações. Kólon correu para cima de uma das criaturas, segurava a espada com as duas mãos e balançava a arma de cima para baixo. Não esperou, apenas golpeou. Com o cabo da lança a criatura tentou defender, mas a brutalidade do ataque fez a madeira se partir em dois e a lâmina seguir seu caminho. O peito do inimigo foi aberto com um grande corte.

Wahori puxou seu machado e ficou esperando, duas criaturas se movimentaram em direção ao goryc. Krule brandia sua espada e gritava "Por Artanos! Ao combate!" e lutava com outros dois inimigos. Estus acompanhava tudo sem esboçar qualquer reação. Os adversários não demonstravam ser um desafio à altura. Os aventureiros em suas andanças por Breasal já tinham enfrentado, e vencido, monstros muitos mais perigosos e letais. O mago se tranquilizou.

De repente Otsi virou-se para Estus, duas flechas posicionadas em seu arco e o braço já retesava a corda.

— Mas que maluquice... — as palavras do mago foram silenciadas pelo avanço das flechas que cortavam o ar em altíssima velocidade.

No último instante os projéteis desviam de Estus e acertam duas criaturas que surgiam pelas costas do mago. O monstro da esquerda recebeu uma flecha entre os olhos e o da direita em sua garganta. Estus olhava com os olhos arregalados para os adversários abatidos.

— Obrigado — murmurou o mago voltando suas atenções para a batalha.

A contenda estava ganha, Wahori acertava um golpe no último adversário em pé. A força do goryc arremessou a criatura novamente na água com o abdômen destroçado.

— Eu sempre aviso — Kólon voltava para perto do fogo — viagens marítimas devem ser evitadas a todo custo.

— Sem dúvida — Krule também se aproximava — Sabe que a primeira vez que viajei para Alénmar não tive nenhum problema, de fato, a viagem foi muito agradável. Mas estava sozinho, sem a companhia dos digníssimos senhores.

— São os Basiliscos que estão amaldiçoados — murmurou Kólon.

— Precisamos encontrar uma área segura para Estus nos teleportar sempre que estivermos em situação parecida com esta — Wahori já estava sentado e aquecia as mãos no fogo. — Poderíamos comprar uma casa e fazè-la segura para que nada atrapalhasse durante a magia.

— Eu já expliquei, isso é impossível de fazer — mas ninguém ouviu o mago.

— Conheço o lugar ideal, uma casa isolada e que tem um belo porão — Wahori falava animado. — Poderíamos lacrar o acesso ao porão e...

— O porão não é a melhor opção — interrompeu Kólon — precisamos encontrar um local alto.

— Tem uma igreja de Artanos perto de uma vila à beira--mar que pode nos prover de todas as condições necessárias — era a sugestão de Krule.

— Desculpe, senhores — Otsi soava preocupada — desculpe interrompê-los, mas antes de decidirem sobre tais questões gostaria de lembrá-los que estamos presos em uma rocha no meio do Grande Mar. Não tenho dúvida de que as criaturas que nos atacaram vão retornar e seu número será muito maior. São baretnas, vivem em bandos numerosos, esperando por náufragos para saciarem sua fome por carne e sangue. Logo esta rocha estará infestada por elas. Se não sairmos daqui logo, estaremos mortos.

— Otsi tem razão — Estus já tinha seu cachimbo aceso — precisamos nos concentrar em sair desta ilhota, não podemos viver de água e peixes — o mago sorriu — principalmente peixes, para o resto de nossas vidas.

— Mas o que podemos fazer? — Krule limpava sua arma.

— Não restam muitas opções — Wahori coçava a cabeça olhando para a imensidão das águas — não temos nada além de rocha e mar.

Sem dizer uma palavra Otsi começou a preparar seu arco e desta vez os Basiliscos sabiam que uma ameaça se aproximava e todos se colocaram de pé empunhando suas armas.

A diminuta ilha de rocha negra estava cercada por baretnas, quinze, talvez até vinte criaturas. Vinham armados e emitiam um som que lembrava rocha raspando no aço.

Os companheiros formaram um círculo, Estus permanecia no meio, e Otsi atirava flechas, mas apesar de abater os adversários, como a arqueira previu, outra criatura tomava o lugar da caída. O cerco se fechava e os Basiliscos lutavam sem descanso. Otsi deixou seu arco e puxou duas espadas, na mão esquerda uma mais curta e na direita uma espada de lâmina dupla. As armas trabalhavam, subiam e desciam, cortando carne e matando inimigos. Mas a cada momento mais baretnas surgiam das águas.

Chegou o momento que o número de inimigo era tão grande que os Basiliscos e Otsi lutavam praticamente lado a lado, Estus não tinha o menor espaço para se mexer. Garras, dentes e lâminas disputavam por espaço cada vez mais raro.

— Vamos avançar! — berrou Estus — Precisamos correr naquela direção — o mago apontou.

Acostumados a confiar em seus companheiros durante a batalha, imediatamente os Basiliscos começaram a atender ao pedido de Estus. Kólon golpeava e usava seu ombro para empurrar os inimigos para trás, Wahori balançava seu enorme machado afastando as criaturas e Krule, com uma breve prece a Artanos, fez o a lâmina de sua espada queimar com o fogo divino e as chamas causavam terror aos baretnas.

Com espaço o mago moveu seus braços colocou uma mão de frente a outra diante de seu peito e usando as palavras corretas pequenos flocos de neve esverdeados surgiram entre seus dedos. Giravam freneticamente e cada vez mais flocos entravam no pequeno redemoinho. Com as mãos tremendo pela força concentrada, o mago as jogou para frente e uma rajada de vento e neve partiu de seus dedos atirando os baretnas para longe. No corredor que se formou entre os inimigos os companheiros puderam avistar um barco perto da ilha.

— Vão para o barco — gritou Estus puxando Otsi por suas vestimentas.

Kólon, Wahori e Krule correram lado a lado e com suas armas rechaçavam qualquer criatura que tentasse fechar a passagem, atrás vinham Estus e Otsi. A embarcação flutuava tranquila sobre a água e com um pulo os aventureiros poderiam subir a bordo. Krule foi o primeiro, Wahori e Kólon seguiram logo depois, quando Estus se preparava para pular, uma garra se fechou sobre seu braço direito. Vestes e carne foram cortadas e o sangue escorreu pelo antebraço e a mão. O mago tentou se desvencilhar, mas estava esgotado por causa da magia e o baretna começou a puxá-lo.

Com um movimento rápido da espada, Otsi decepou o braço da criatura, girou o corpo e acertou mais um inimigo que tentava atacar o mago. Livre, Estus correu para o barco, mas pela velocidade era claro que não conseguiria o impulso necessário para subir a bordo. Com um empurrão, Otsi colocou o mago na embarcação e pulou em seguida.

— É a segunda vez que você salva minha vida — Estus olhava o ferimento em seu ombro — se continuarmos nesse ritmo, jamais poderei retribuir suas gentilezas.

— O primeiro passo seria me explicar como conseguiu, em meio àquela luta desesperadora, vislumbrar o barco e encontrar uma saída para nós — Otsi guardava suas espadas.

— Nosso bom e velho Estus é sempre uma surpresa — era Varr, o paladino do deus da justiça e um dos tripulantes do barco — mas o mérito deve ser meu e Ligen que sabíamos que estariam com problemas e seguimos os passos de vocês.

— É sempre bom ver você, amigo — Estus abraçou Varr.

— Quanto a nossa escapada, não existe muito para contar. Sempre temos problemas quando atravessamos os mares e aprendemos com nossos erros— o mago sorriu. — Apenas vi o barco no horizonte e agi, creio que não poderemos contar como parte do pagamento da dívida.

— De fato, teremos de pensar em outra coisa — Otsi sorriu e cumprimentou Varr.

O vento bateu forte e a embarcação foi levada pelas águas escuras, deixando a ilhota tomada pelos baretnas que emitiam um som lamurioso.

A mesa de madeira acomodava somente seis pessoas, Otsi e Varr estavam em pé. Algumas garrafas de vinho vazias e os pratos guardavam os restos do pequeno banquete.

— Sem peixe — exclamou Estus — isso sim é uma refeição decente.

— Imaginamos que vocês estariam precisando de comida de verdade — Bastrur era o capitão do navio, o Fer de Menys.

— Como nos encontraram? — Krule devorava uma coxa de peru.

— Bom, quando Ligen e Varr procuraram-me para saber se vocês tinham me contratado para uma viagem até Alénmar sabia que a maldição não os deixaria atravessar.

— Maldição? — Otsi bebia vinho.

— Wahori e Kólon acreditam que fomos amaldiçoados e qualquer tentativa de atravessarmos o Grande Mar acabaria mal — Estus bebericava o licor.

— Quando foi mesmo isso? — perguntou Krule.

— Faz muito tempo, em Litus — Ligen procurava por um guardanapo inexistente.

— Porcaria de cidade — Bastrur reclamava porque o governante de Litus era um elfo que sempre estava disposto a mudar suas regras, desde que o preço certo fosse pago. Essa política transformava o porto de Litus no local ideal para que piratas e saqramans agissem livremente. O desgosto pela cidade era algo muito comum.

— Dreglest era o nome do capitão — relembrou Wahori — e Umckun o xamã que o acompanhava. Quando vi aquele kuraq arqueado e levando um cajado com a cabeça de sapo, soube que teríamos problemas.

— O que você esperava? — Estus preparava seu cachimbo — Afundamos o navio deles, era de se esperar que nos amaldiçoassem.

— O problema é que funcionou — o goryc permanecia sério — desde aquele dia nunca mais conseguimos viajar pelo mar em segurança.

— Sim, temos assuntos inacabados com aqueles kuraqs — Kólon deixou o copo sobre a mesa.

— Nossa dívida é com o Mago Verde e logo vamos cobrá-la — Estus colocou a mão sobre o ombro de Wahori.

O goryc assentiu e as risadas e brincadeiras acabaram. De repente todos carregavam expressões sérias nos rostos. A embarcação jogava levemente e o cheiro de água salgada brigava com a fumaça do cachimbo do mago. Inconscientemente os viajantes olharam para Otsi. A arqueira pareceu incomodada com aquilo e tentou sorrir.

— Se os senhores desejarem, posso me retirar— Otsi fez menção de se levantar.

— Pode ficar — Estus impediu que a humana se levantasse com um movimento de seu cachimbo — qualquer pessoa que salva minha vida por duas vezes será sempre bem-vinda entre nós.

Todos os Basiliscos assentiram e Otsi imaginou que esta era a razão por que Bastrur também estava ali. O capitão não fazia parte do grupo de aventureiros, diziam ser muito reserva-

202

do e arredio a estranhos quando tratavam de seus assuntos, mas parecia estar muito à vontade entre eles.

— Obrigado pela confiança depositada em mim — a arqueira sorriu timidamente.

— Fique honrada — disse Bastrur com orgulho — é um privilégio para poucos.

Varr levantou seu copo e todos seguiram o gesto. Depois de tocarem os copos os companheiros beberam e os deixaram vazios sobre a mesa.

— Agora que está tudo resolvido, talvez Otsi possa nos falar sobre seus assuntos com o Mago Verde — uma baforada de fumaça espessa fez o rosto de Estus sumir por um instante.

A arqueira sorriu para o mago.

— Fui avisada de que um encontro com os Basiliscos seria repleto de surpresas e coincidências.

— Eu não diria coincidências...

— Não acreditamos em coincidências — Kólon completou as palavras de Ligen.

— Precisamente — continuou Estus — eu diria que foi uma lição que nosso amigo Ligen nos ensinou, a informação é mais importante do que o ouro — um gole de licor — por isso sempre tentamos saber o que acontece em Breasal. E sabemos que algum tempo atrás Trebl a contratou para fazer algo.

— Creio que seria estupidez negar — a arqueira levantou os ombros. — O Mago Verde desejava encontrar os vulcões de Tatekoplan, precisava de um andarilho para levá-lo até lá e eu fui a escolhida.

— Vulcões em Tatekoplan? — Bastrur parecia chocado — Querem saber, não gosto nem um pouco dessa conversa sobre Magos de Torres, vulcões e dívidas. Prefiro ficar na minha abençoada ignorância. Vou cuidar de meus afazeres, esse barco não sabe encontrar o caminho para casa sozinho.

203

— Somente Bastrur para conseguir nos guiar com segurança em uma viagem de navio. Obrigado, amigo — Krule e o resto dos Basiliscos saudaram o corpulento capitão.

— Quando chegarmos ao porto, brindaremos a essas palavras — Bastrur agradeceu com um sorriso e fechou a porta depois de sair.

Todas as atenções voltaram-se para a arqueira. A humana passou a mão pelo rosto, esfregou os olhos e deu um longo gole de vinho. Ponderava se deveria revelar o que jurara ao Mago Verde jamais contar. Em sua mente lembrava-se das inúmeras ameaças que recebera durante o julgamento e da promessa de que, não importava onde fosse ou para quem, o Mago Verde saberia se o juramento fosse quebrado.

Diante de seus olhos estavam os Basiliscos, os maiores aventureiros de Breasal, conhecidos por feitos inimagináveis, derrotaram o grande Skretc, roubaram das Masmorras da Angústia e aconselharam reis. Outra característica peculiar aos Basiliscos era sua tendência para atitudes tempestivas e de grandes proporções, a arqueira sabia que a última coisa que deveria fazer era provocar seus companheiros de viagem. As consequências seriam incertas. Para Otsi só restava uma coisa a fazer.

— Chegou a meus ouvidos a notícia de que um gnomo estava procurando um andarilho para levá-lo até algum lugar remoto e de difícil acesso — a arqueira entrelaçava e apertava os dedos — encontrei Trebl na cidade de Corteses e, depois de uma rápida conversa, ele pediu para que eu fosse até Gram dentro de quarenta dias. Encontrei-o em uma estalagem e mais uma vez ele fez várias perguntas, das quais evidentemente sabia a resposta, para finalmente chegarmos a tratar de negócios. "Conhece os vulcões de Tatekoplan?" perguntou entre olhadas preocupadas. Alguma coisa incomodava Trebl. Respondi que estava familiarizada com a região e não encontraria problemas em guiá-lo até lá.

— Como gostaria de estar presente durante esse diálogo — a fumaça dançava graciosamente em volta de Estus — Trebl tendo que se curvar e pedir ajuda para alguém.

— Sim, o gnomo parecia contrariado e era como se ainda precisasse se convencer de que precisava de mais alguém para realizar a tarefa. Quando percebo que o cliente acha que não precisa de minha ajuda, a primeira reação é desistir. Nada de bom costuma surgir de aventuras assim.

— Sábias palavras — Kólon esfregava as mãos — magia é sempre problema.

— A não ser quando ela salva sua vida — disse Estus de pronto.

— Acabei aceitando, pois, a proposta era tentadora e não parecia ser de grande risco — Otsi soava um pouco mais relaxada.

— Não compreendo — Ligen ainda tentava encontrar algo para limpar os dedos sujos de molho. — Se você estava com o Verde em Tatekoplan, por que os ladrões não o aprisionaram?

— O Mago Verde nunca me mostrou o exato destino de sua jornada, no momento que avistamos os vulcões ele me pagou e ordenou que o deixasse.

— A arrogância — Estus baforou uma fumaça densa. — É uma pena, Trebl e eu tivemos conversas interessantes e demos boas risadas antes de o gnomo ficar obcecado em se tornar o Mago da Torre Verde — tomou um gole de vinho. — O poder não fez bem a ele.

Todos esperavam que Estus continuasse sua linha de raciocínio, mas o mago olhava através da escotilha, os olhos parados, o rosto sem expressão. De repente, piscou e sorriu.

— Sem dúvida Trebl é astuto e difícil de surpreender, mas creio que mais uma peça do quebra-cabeça foi revelada hoje.

— E ainda assim o Verde permanece impune — Wahori enchia seu copo.

— Não se preocupe, amigo — Varr levantou seu copo — um dia ele irá pagar pelo que fez a você.

— A nós — completou Kólon e os três tocaram os copos no ar.

— Uma coisa que sempre me incomodou é que não consigo imaginar o Verde saindo de sua torre para enfrentar os perigos de Edimgrir e resgatar Wahori — Krule brincava com um miolo de pão sobre a mesa. — Não me parece que tal coisa aconteceria.

— E não aconteceu — as palavras de Otsi vacilaram. — Fui eu quem resgatou Wahori daquela ilha maldita.

Por um instante a arqueira temeu que algo terrível pudesse acontecer com ela, mas logo percebeu um sorriso de Estus.

— Você sabia? — Otsi arregalou os olhos.

— Suspeitávamos — respondeu o mago deixando o cachimbo de lado.

— Obrigado — murmurou o goryc para a arqueira.

— Só tem uma coisa que ainda não consegui descobrir — Estus buscava por mais um pouco de vinho. — Como Trebl sabia da existência dos olhos de serpente em Tatekoplan.

— Eu não tinha atentado para esse detalhe — Varr falava devagar, como se tentasse lembrar cada detalhe, — mas quando estive na Igreja de Corteses, o Verde estava lá. Xeretando na biblioteca um livro sobre o comércio entre o Continente e Alénmar.

— Nopta! — Krule estava animado — A estátua foi em presente de um povoado do Continente pelos bons negócios que faziam. E se não estou enganado foi a mesma história que Wahori ouviu na Casa dos Espólios — o goryc confirmou com um aceno de cabeça.

— Sabemos que os vulcões continham olhos de serpentes — Estus continuava mirando a paisagem pela escotilha — também é de nosso conhecimento que os olhos de ambas as estátuas eram de pedras incomuns. De alguma forma, Trebl descobriu que os olhos das estátuas eram feitos de olhos de serpente.

— Trebl tentou roubar os olhos em Nopta, mas alguém se antecipou — o paladino falava rapidamente — depois foi a vez da Casa dos Espólios.

— O gnomo era Trebl? — murmurou Wahori incrédulo.

— Como ele conseguiu estas informações? — Estus bateu na mesa com força.

— Acho que nesse caso posso ajudar — Ligen sorria — estão familiarizados com o Embusteiro? — todos assentiram que sim — Estive em um de seus desafios recentemente e o prêmio era Lomelindi.

Fez-se um silêncio e os Basiliscos se olhavam satisfeitos.

— Desculpem — Otsi estava visivelmente envergonhada — não entendi. Por que o prêmio do Embusteiro responde à questão?

— Porque Lomelindi pertencia à Torre Verde — completou Ligen.

— Para saber que a segunda estátua estava na Casa dos Espólios, Trebl prometeu dar ao Embusteiro Lomelindi. O gnomo comprou a informação sobre os olhos de serpente. — Estus estava irritado — Temos agora na Torre Verde um mercenário, capaz de trocar um artefato histórico por uma informação para proveito próprio. Precisamos fazer alguma coisa.

— Por isso ele me procurou — Wahori servia-se do vinho. — O Verde queria que eu fosse até Edimgrir para vingar-se da cicatriz.

— Você devia tê-lo matado na estrada — Kólon sorria — nos pouparia de muitos problemas.

— É verdade — o mago soltou uma densa fumaça, — mas agora sabemos o que precisamos fazer. Por tudo que Trebl fez, ele deve ser desmascarado. Breasal deve saber que tipo de Mago ocupa a Torre Verde.

— Seria possível tirá-lo da Torre? — Ligen também se servia de vinho.

— Não. Uma vez nomeado o Mago só pode deixar a Torre quando ele escolher — Estus tomou um gole de vinho, — mas podemos fazer com que o mundo saiba que Trebl é fraco. Ele perderá poder, influência e será nada mais que uma sombra vagando pela Torre.

— Acho que isso resolveria — Krule sorriu. — Como fazemos e quando começamos?

— Roubando sua Torre — Estus quase sumiu no meio da fumaça. — Um Mago que não consegue defender sua própria Torre não merece ser um Mago.

A fumaça tomava conta do lugar, as mesas de madeira vagabunda se entulhavam pela taverna e o cheiro de cerveja velha era terrível.

— O que estamos fazendo aqui? — Kólon estava visivelmente irritado.

— Não sei. Estus insiste em nos trazer aqui — Wahori estava conformado com a situação.

— Pelo menos desta vez não tem aquela música horrível — completou Ligen.

Uma comoção se formou do lado esquerdo do salão. Mesas eram colocadas lado a lado e três sujeitos subiam em cima delas. Levavam instrumentos musicais, um deles uma rabeca.

— Oh, não — murmurou Wahori antes do lugar ser inundado por uma série de barulhos que a turba considerava como música.

Gritos de aprovação ecoaram e a taverna estava fervilhando. Pobres das atendentes que tinham de dançar com todos.

— Você está louco, Estus? — Varr tentava se fazer escutar — O que, em nome de Haure, estamos fazendo aqui?

O mago pegou uma lasca de carvalho e estalou nos dedos, uma chama surgiu em uma das pontas e ele acendeu seu cachimbo.

— Eles me deixam fumar — sorriu.

Fez um sinal para uma das atendentes, que tentava fugir de um baixote, para trazer bebida e comida.

— E acha que é seguro falarmos sobre nossos planos aqui? — Krule apontou para um bêbado que tinha os olhos marejados e murmurava o nome de uma mulher.

— Ligen, deixo essa para você — Estus tamborilava os dedos no ritmo da melodia.

O gnomo deu um longo suspiro.

— Quanto mais barulho, mais distração, mais improvável que alguém preste atenção em algo. Logo o melhor o lugar para se ter uma conversa reservada — Ligen levantou os ombros — é um princípio ladino — ele deu um grito chamando por atenção, ninguém o atendeu. — Agora imaginem o mesmo grito em uma sala silenciosa.

— Exatamente, por isso não poderia existir lugar melhor — o mago acomodou a travessa com pernil que a atendente trouxe, os copos e os dois jarros de vinho. — Muito obrigado.

Todos serviram-se de pão, carne e vinho. Otsi fez o mesmo, estava mais à vontade entre os Basiliscos, porém ainda era visível o respeito que a arqueira tinha por seus companheiros.

— Como você pretende roubar os olhos de serpente do Mago Verde? — Ligen fez a pergunta com naturalidade, como se estivesse perguntando sobre o tempo ou sobre o gosto da comida. E não sobre roubar de um dos seres mais poderosos de Breasal.

Todos olharam espantados para o gnomo, depois olharam para Estus, que sorria.

— Ele está certo — o mago serviu-se de pernil — e não entendo o espanto, é uma coisa lógica. Foram os olhos que possibilitaram Trebl a se tornar o Mago da Torre Verde. É um símbolo de sua ascensão — mastigou a carne branca. — Roubando o símbolo demonstraremos claramente que o gnomo não merece ocupar a Torre.

— Falando aqui, nesta espelunca, é fácil, mas como vamos fazer isso?

— Kólon está certo, invadir uma Torre só não é mais arriscado que tentar roubar os monges de Nafgun — Varr lutava para cortar uma fatia fina de pernil. — É impossível entrar na Torre sem que o Mago não perceba, estou certo, Ligen?

O gnomo assentiu.

— Existe uma proteção antiga, um encantamento que estabelece um vínculo com o Mago, ele sabe quando alguém entra na Torre. Nunca foi feito, é arriscado demais.

— Os Penas Prateadas roubaram Nafgun[9] — lembrou Estus.

— Você está falando do maior grupo de aventureiros que já existiu — Krule servia vinho para todos. — Por mais que desejássemos, não somos eles.

— Não podemos esquecer das plataformas — rapidamente Wahori tomou um gole — mesmo que conseguíssemos entrar, teríamos de encontrar a combinação correta de plataformas que nos levaria ao nosso destino.

— E saber onde o Verde guarda os olhos — completou Kólon.

Os Basiliscos olhavam para Estus, esperando por uma resposta para todos os problemas. Por experiência, sabiam que o

---

[9] Para conhecer esta façanha dos Penas Prateadas leia o conto Qenari no livro A Ira dos Dragões.

mago devia ter algo escondido. Um trunfo que resolveria tudo. Sempre era assim. Mas dessa seria uma proeza fantástica. Estus até poderia imaginar que sabia as respostas, porém contra a Torre Verde nada é certo. Ninguém realmente sabe o que se passa no interior da Torre, quando o Mago está sozinho. Magias antigas as protegem, forças desconhecidas nos dias de hoje, fortalecidas pelos longos anos.

Todos comiam em silêncio, ouvindo a horrível música produzida pelos três sujeitos em cima das mesas.

— Se existe alguém que pode derrotar um Mago de Torre — de repente Otsi falou animada — são os Basiliscos.

— Aí está — bradou Estus — um pouco de apoio e entusiasmo. Era disso que eu precisava.

O mago pegou um livro de sua mochila e colocou sobre a mesa. Era um tomo muito antigo com a capa rajada de verde.

— Agradeçam Mawnkyn — ninguém entendeu, somente Kólon sorria à referência da aventuram que tiveram quando procuravam pela armadura de Grendir — aqui estão todas as informações de que precisamos.

O mago abriu o livro e um desenho detalhado das plataformas surgiu nas folhas quebradiças. Era possível saber como elas se movimentavam e principalmente o destino de cada uma.

— Que livro é este? — Wahori tentou pegar o livro.

— Eu não sei — o mago afastou o livro das mãos do goryc — Myniamîr também não tem nenhum registro dele. Porém, ela se disse inclinada a achar que o livro pode ser real.

— Eu diria que um dos problemas está resolvido — Varr olhava com interesse — se a solução não fosse baseada em inclinações que *podem* ser reais.

— Talvez isto aqui possa ser um atalho — o mago passou rapidamente as páginas e parou em um trecho que continha um longo texto — o relato de uma saída, para nós entrada, alternativa para a Torre. Construída durante a Cizânia.

— Corrijam-me se estiver errado, mas a Cizânia seria quando os Magos brigaram e as Torres entraram em guerra?

— Precisamente, Ligen, a Magia esteve muito perto de ser exterminada. Porém, com a intervenção dos magos comuns e não de pessoas isoladas em suas Torres que julgam serem superiores somente porque moram em casas mais altas, a paz foi feita — Estus tomou um longo gole de vinho.

— Você está dizendo que este livro contém uma descrição de como entrar na Torre Verde sem ser percebido? — Wahori tentava desesperadamente ler o texto.

— Exato — o mago preparava novamente seu cachimbo — durante a Cizânia, Tinebrae, o Verde, precisou encontrar uma maneira de sair de sua Torre sem que os outros soubessem. Como os encantamentos que protegem as Torres são ligados, ele foi obrigado a encontrar uma outra saída. Construída embaixo da terra e protegida contra os encantamentos que detectam a entrada ou saída de alguém da Torre, é a resposta para mais um de nossos problemas.

— Restou o local que o Verde guarda os olhos de serpente — Ligen sorriu. — Com a ajuda do livro poderemos cuidar do resto.

— Sobre o local que estão os olhos de serpente, — Estus sorriu — conheço muito bem as vaidades de um mago. Sei onde o gnomo guarda seu tesouro.

— É loucura, mas acredito que poderemos realizar isso — Krule tentava sorrir.

Os Basiliscos brindaram. Estava selado, iriam desafiar a Torre Verde.

Kólon e Varr batiam palmas acompanhando a música, Ligen e Krule conversavam animadamente e Wahori servia-se de vinho e comida. Somente Estus permanecia em silêncio, fumando seu cachimbo.

— Só tem um pequeno problema — os Basiliscos ficaram em silêncio — só temos um pequeno problema — repetiu o mago para que seus amigos ouvissem — o livro fala sobre a entrada alternativa, mas não menciona onde ela começa.

— De que nos adianta uma entrada que não sabemos onde está? — Kólon bateu a mão na mesa.

— Precisamente — respondeu Estus com um sorriso.

— Nem mesmo indicação? — Wahori olhava para o livro nas mãos do mago. — Talvez eu possa encontrar alguma pista.

— Não existe nenhuma referência, já estudei o livro exaustivamente.

— Imagino que deva ser nas cercanias da Torre, poderíamos investigar os arredores.

— Não necessariamente, Ligen, o caminho até a Torre pode passar por portais que fariam a distância física não ter nenhuma importância — Estus afastou a fumaça de seu rosto. — Inclusive acredito que este tenha sido um dos estratagemas que Tinebrae usou para esconder a passagem dos outros.

— Mas então a entrada poderia estar em qualquer lugar de Breasal, até mesmo em Alénmar — concluiu Krule.

Estus, para desânimo de todos, assentiu aquelas palavras.

— Talvez eu possa dizer algumas palavras sobre esta questão — Otsi parecia orgulhosa. — Quando fui levar Wahori para o Verde, ele pediu que o encontrasse perto de Fafsolt. Nunca entendi o porquê, é uma boa caminhada até a Torre Verde.

— Porque Trebl não queria que os outros Magos soubessem de seu pequeno experimento em Edimgrir — Estus coçou o queixo. — Creio que é um bom lugar para começarmos a procurar. Mas ganhamos um novo problema, Trebl sabe desta entrada e não tenho dúvidas de que colocou suas próprias proteções.

— Quer dizer que não poderemos usá-la? — a arqueira bebia seu vinho.

— Mesmo sendo um Mago de Torre, Trebl não tem o conhecimento, ou poder, para fazer um encantamento igual à magia antiga que protege a Torre. Digamos que agora a coisa ficou mais divertida, apenas isso.

— Mesmo assim são muitos detalhes em aberto, suposições e ações que dependem de coisas que não sabemos se vão acontecer. Nada de concreto para um bom plano. Além de arriscado, seria loucura — Otsi coçava uma das sobrancelhas com o dedo.

Os Basiliscos se encararam, um movimento de amigos confidentes, trocando informações apenas com os olhos.

— O que seria a vida sem um pouco de loucura — Krule cruzou os braços.

— Às vezes o melhor plano é se arriscar — completou Kólon.

— Sua avaliação está mais do que correta, mas se tivéssemos analisado todos os planos que fizemos dessa maneira, não teríamos realizado muita coisa até hoje — Wahori era o mais sério de todos.

— Agora descobriu o nosso segredo — concluiu Varr entre sorrisos. — Fazemos o que fazemos não porque somos sábios ou corajosos, mas inconsequentes.

Estus sorriu e voltou suas atenções para o pernil.

A grama alta passava dos joelhos e estava seca, amarelada pela falta de chuva. O vento batia nas folhas finas e o som lembrava um rio caudaloso, vibrante, mas não barulhento. Fafsolt se erguia das entranhas da terra, desafiando o céu com seu cume gelado. Era uma montanha robusta, de base larga e pico arredondado.

Kólon encarou a montanha e apontou Durindana para o cume. O guerreiro gritou o nome de Humbaba. O gigante que habita Fafsolt e que um dia Kólon espera desafiar para um combate. Depois o guerreiro ajoelhou-se em respeito ao adversário.

Otsi caminhava atenta, por um instante pareceu perdida, escolhendo cuidadosamente cada passo. De repente parou.

— Foi aqui — disse com convicção — aqui encontrei o Mago Verde.

O lugar não parecia em nada diferente do resto, a grama amarelada cobrindo o chão. Todavia ninguém contestou as palavras da arqueira e os Basiliscos apoiaram suas mochilas no chão e começaram os preparativos para um acampamento.

Estus ficou em pé, com a mão protegia os olhos do Sol e mexia a cabeça em todas as direções. Deu alguns passos, depois voltou, afastou a grama para ver o chão de terra e olhou para o céu. Coçou a cabeça. O restante dos Basiliscos compreendeu que passariam um bom tempo ali.

A fogueira ardia e assava dois gordos coelhos, a noite já começava a aparecer e Estus permanecia estudando a grama e o vento.

— Talvez eu tenha me enganado — Otsi estava inquieta.

— Acalme-se — Kólon examinava um dos coelhos — é sempre assim. Ele faz as coisas em seu próprio ritmo, logo teremos novidades. Acho que o jantar está pronto.

Todos se aproximaram da fogueira, copos de vinho começaram a subir cheios para descerem vazios e logo tudo que restava dos coelhos eram os ossos. O mago não bebeu nem comeu, tudo o que fez foi acender seu cachimbo.

Com o céu repleto de estrelas, somente o mago não dormia, a fumaça saía sem descanso de seu cachimbo e os primeiros sinais da manhã surgiam. Os pássaros cantavam e a luz se debruçava sobre a grama. O vento persistia.

— É ali! — o grito de Estus acordou a todos — Venham, é por aqui.

O mago caminhou cerca de vinte passos e apontou para a grama. Seus companheiros andaram sem muita vontade até o local indicado, estavam sonolentos e os olhos lutavam contra a claridade.

— Como pode saber? — Ligen esfregava os olhos — Não tem nada ali, somente a grama.

— Repare no vento — o mago movimentou as mãos. — Percebe que aqui a grama segue um padrão diferente?

Depois de Estus mencionar, eles conseguiram perceber que naquele ponto a grama parecia estar um instante mais lenta que todo o resto. As folhas faziam o mesmo movimento, contudo um pouco depois.

— É como se a grama estivesse atrasada — murmurou Wahori.

O mago bateu palmas.

— A grama está atrasada — concluiu, — algo está bloqueando parcialmente o vento.

— Uma passagem secreta — Ligen parecia não acreditar em suas palavras. — Mas eu teria pressentido se alguma existisse por aqui. Não é possível.

O gnomo orgulhava-se de suas habilidades e com razão. Ligen eram um dos grandes ladinos de Breasal.

— Não podemos esquecer que as proteções usadas aqui são muito antigas — Estus tinha o rosto abatido. — Também não consegui descobrir a passagem com magia, foi preciso paciência e observação.

O mago carregava um sorriso de profundo contentamento.

— E como a abrimos? — Krule passou a mão pela passagem, mas nada aconteceu.

— Com isto — Estus retirou o antigo tomo de capa rajada de sua mochila.

Seguindo as palavras do livro, o mago pediu que seus companheiros arrancassem toda a grama que crescia em volta da passagem. Precisaria também de uma fogueira e água. Com o auxílio de um graveto, rabiscou algumas runas na terra do chão, cada movimento era feito com calma e cuidado. Estus sempre consultava as páginas do livro. Posicionou a fogueira perto da passagem e verificou duas vezes o vento antes de acender. Contudo demonstrava firmeza e nem por um momento os outros duvidaram de que ele obteria sucesso.

— Ligen poderia me emprestar as ferramentas necessárias para abrir uma porta?

O gnomo abriu sua mochila, ponderou por um instante e olhou para Estus.

— Para uma porta simples ou complicada?

— Faz diferença?

— Toda — respondeu Ligen com um sorriso.

— Ora, não sei, passe-me todas.

As ferramentas foram colocadas no chão. Lado a lado, o mago desenhou algumas runas ao redor dos objetos.

— Creio que está terminado — o mago estava pensativo. — Ao meu comando, Varr, derrame a água na fogueira.

Buscou nos bolsos por um delicado saco de seda. Derramou o pó verde que ele continha na palma de sua mão.

— Paredes da Torre Verde — murmurou para os outros. Todos abriram suas bocas para perguntar como Estus tinha lascas da Torre Verde no bolso, mas antes que pudessem dizer algo, o mago ordenou que a água fosse jogada.

Assim que entrou em contato com o fogo a água foi se transformando em uma densa névoa. Estus jogou o pó na direção do fogo e a fumaça foi ganhando a coloração verde. O vento carregava a nuvem esverdeada em direção à passagem e era como se algo sólido parasse a névoa.

Aos poucos uma porta se formava. Comum, caseira, com fechadura e frisos que formavam pequenos triângulos. Evidentemente sem a chave.

O mago virou-se para as ferramentas de Ligen e jogou o pó sobre elas, imediatamente elas perderam sua consistência sólida e se tornaram etéreas.

— Pode pegá-las — falou Estus — estão tão sólidas quanto antes.

Com passos rápidos Ligen se aproximou e tomou as ferramentas nas mãos. A sensação era de suas velhas companheiras entre os dedos. Não foi preciso dizer mais nenhuma palavra. O gnomo correu até a porta e começou a examinar a fechadura. Não sem antes tentar abrir a porta, era um velho hábito.

Usou técnicas conhecidas, procedimentos que desenvolveu e sua experiência, mas a porta permanecia trancada. Perdeu noção de quanto tempo tinha se passado, mas tinha certeza de que era demais. Percebeu que a névoa começava a perder densidade e parecia que a qualquer instante o vento levaria tudo embora. Suas ferramentas também começavam e recuperar a antiga forma sólida. Não restava muito agora.

Tentava não perder a concentração, manter a mente objetiva, abrir a fechadura. Vencer a tranca, esse era seu foco. Esquecer o tempo, seus companheiros, o mundo. Tudo que precisava fazer era abrir aquela maldita porta. Mexia os dedos com precisão, tentando sentir o local correto. A mente girava freneticamente, logo perderia o controle. Suor escorria por sua testa. De repente ouviu um clique, a tranca escorregou para o lado e uma passagem surgiu.

Entre a grama amarelada, longe de qualquer construção ou cidade, estava um corredor. Iluminado por tochas e com o chão de pedra polida. Porém, olhando do lado oposto, tudo que veria era a grama mexendo ao vento e Fafsolt solitária no horizonte.

218

Liderados por Estus os aventureiros adentraram a passagem. Com um estrondo a porta se fechou e no seu lugar surgiu um enorme e escuro vazio.

— Como você conseguiu um pedaço da parede... — Wahori foi interrompido por um gesto do mago.

— Meu amigo, não é o momento, depois poderemos falar dos detalhes, por enquanto precisamos terminar nossa missão.

Estus pegou uma das tochas e tomou a dianteira, seguia com extrema cautela, absorvendo qualquer informação que pudesse descobrir. Todos estavam apreensivos, de qualquer lado poderia vir o perigo, um dardo envenenado, uma lâmina mortal, um raio mágico. Porém tudo estava calmo, às vezes parecia que um sussurro inundava o ar, mas logo desaparecia e o silêncio imperava.

O corredor seguia sempre em linha reta, sem curvas, portas ou qualquer outra coisa que não fossem as tochas. Depois de algum tempo os aventureiros perderam a noção da distância. Os pés doíam e os espíritos estavam cansados, contudo o corredor permanecia o mesmo, inalterado.

— Talvez tenhamos perdido alguma coisa — a voz de Krule soava monótona, cansada — uma passagem, uma porta.

— Não — respondeu com firmeza Estus — o livro teria nos dito. Por enquanto tudo que devemos fazer é seguir em frente.

E foi o que fizeram.

Os passos estavam menores, os pés se arrastavam no chão e o desejo de descansar era a única coisa que ocupava suas mentes. E depois de muito lutar contra o cansaço, Wahori sentou-se e apoiou as costas na parede.

— Preciso de um momento — ofegava, — um gole de água fresca.

— Wahori tem razão — Kólon também se sentou. — Vamos descansar.

De repente uma rajada de vento encheu o corredor e todas as tochas se apagaram. A escuridão era intensa.

— Creio que cometemos um erro — para surpresa de Otsi, Ligen parecia animado.

Um estrondo invadiu seus ouvidos, o arranhar de pedra sobre pedra e o som de algo se movendo. Kólon gritou e escutaram metal batendo contra rocha.

A luz bruxuleante da tocha de Estus desafiou a escuridão. Krule e Varr usaram a chama restaurada do mago e logo o corredor estava bem iluminado. Kólon estava deitado no chão, de sua boca escorria sangue, sua cota de malha destruída.

— Mas o que... — as palavras do paladino foram interrompidas por um potente golpe que o arremessou longe.

Uma enorme criatura de pedra, formada pela rocha das paredes, preparava um novo golpe contra Varr. O paladino estava atordoado, tentando se levantar, mas sem condições de se defender. Wahori brandiu seu machado contra as costas do inimigo. Lentamente o gigante de pedra se virou para o goryc.

— Krule, veja como está Kólon — Estus acendia as tochas na parede. — Otsi, prepare suas flechas!

A arqueira puxou seu arco, encaixou uma flecha e atirou. O projétil se chocou contra a rocha e se perdeu no ar.

— O que o livro diz? — quis saber Ligen.

— Nada! É uma armadilha de Trebl! — Estus empunhou seu cajado. — Ataquem o desgraçado!

Novamente uma flecha ricocheteou no ombro do gigante que avançava na direção de Wahori. A criatura preparava-se para o ataque, mas Krule acertou um golpe em suas costas, o padre usava o lado da lâmina para empurrar o gigante. A criatura se vira para ele e prepara um novo ataque.

O goryc aproveita a distração e balança seu machado em direção ao monstro, a lâmina choca-se brutalmente contra o peito do inimigo e nada acontece. Wahori salta para longe e o punho do gigante raspou em seu ombro. O segundo golpe, um chute, acerta o goryc no peito. Ele dá dois passos para trás, bate com violência na parede e cai no chão. Incansável, a criatura levanta seu pé para pisar sobre o goryc que nada pode fazer.

Uma adaga gira pelo ar e acerta o joelho do gigante. A lâmina crava entre as duas pedras responsáveis por movimentar a perna da criatura. O gigante hesita, não consegue executar o movimento e se desequilibra. Cambaleia, mancando e procurando apoio na parede.

— Acertem entre as pedras! — Ligen prepara outra adaga. — Derrubem o bicho!

A flecha de Otsi passou perto, mas não acertou o alto. O gigante está ajoelhado ao lado de Wahori, que, desnorteado ainda não consegue ficar em pé. Levanta o punho e se prepara para atacar.

Um grito ecoa pelo corredor.

A espada de Krule entra fundo no ombro da criatura, o golpe certeiro trava o braço pouco antes de soltar sua fúria sobre Wahori. A segunda flecha de Otsi atinge o outro joelho do gigante, que agora só consegue mover um dos braços. Com uma frieza impressionante, Ligen caminha até o inimigo, sobe por suas costas, e crava sua outra adaga na articulação restante.

— Creio que o problema esteja resolvido — Otsi não conseguia esconder o orgulho.

O corredor mergulhou no silêncio novamente, somente era possível escutar Kólon lutando para respirar. O guerreiro fazia um grande esforço para inspirar o ar.

— Duas costelas fraturadas — Krule olhava para Varr. — Consegui estancar o sangue, mas fora isso não posso fazer mais nada.

O paladino examinava o abdômen do amigo, a cota de malha estava destruída e do lado esquerdo as costelas estavam afundadas. O rosto de Kólon contorcia-se em dor.

— Receio que também não possa fazer nada — Varr carregava pesar em suas palavras. — Este ferimento está fora do meu alcance, seriam preciso monges experientes na arte da cura para ajudar Kólon.

O paladino é puxado por suas vestimentas. Kólon segura firme a cota de malha de Varr e o encara.

— Isso vai me matar? — a voz não era mais que um sussurro.

— Não — balbucia Varr. — Enquanto o sangue estiver contido, sua vida não corre perigo.

— Então, vamos em frente — para surpresa de todos Kólon começou a se levantar.

— Você não pode — Krule tentou segurá-lo, mas foi empurrado pelo guerreiro.

— Não poderá lutar — Varr ofereceu sua mão como apoio.

— Pode ser — Kólon segurou firme na mão do paladino e se levantou. Deveria estar sentindo dores horríveis, contudo não demonstrava nada. — Mas também não vou atrapalhar. Por outro lado, se ficar aqui deitado, não conseguiremos nada — virou-se para Estus — O que o livro diz?

— Para seguirmos em frente — o mago tinha uma tocha acesa nas mãos.

Colocaram-se em movimento, Kólon era amparado por Krule e Wahori. Usando as flechas de Otsi, Ligen colocou vários calços nas juntas do gigante de pedra. Segundo o gnomo não resistiriam muito tempo, mas talvez fosse o suficiente para eles saírem dali.

O corredor permanecia o mesmo, as paredes e o chão de pedra e tochas fixadas por pequenas peças de metal seguiam em uma linha reta até se perder a vista. A jornada já se estendia por um bocado e os músculos reclamavam do esforço, a ideia de se sentar e descansar surgia insistentemente.

Tudo que se podia ouvir eram seus pesados passos, os Basiliscos não diziam uma palavra, cabeças baixas, e alguém que os visse pela primeira vez teria certeza de que não conseguiriam. Kólon não reclamava, contudo seu rosto mostrava a agonia pela qual passava. Varr também caminhava com dificuldade, resultado do golpe do gigante, e o resto do grupo estava abatido. Porém, nenhum deles pensava em desistir, tal pensamento jamais passou por suas cabeças. Os Basiliscos são obstinados, quando um objetivo está em seu caminho somente a morte os faz parar.

Estus examinou o livro enquanto andava, consultou as páginas, virando e desvirando, lendo um trecho e voltando suas atenções para as paredes. Aproximou-se das pedras do chão e passou o dedo por elas, eram todas idênticas, arredondadas e planas.

— Acho que chegamos — O mago tinha um sorriso no rosto.

— Onde? — Ligen examinava as pedras que Estus tocou.

— Segundo essas páginas — sacudiu o livro, — aqui está o portal que nos levará para o interior da Torre. Existem sete runas marcadas nas pedras, só precisamos organizá-las da maneira correta para a passagem se abrir.

— Sim, tem algo aqui, — o gnomo passava seu dedo pelas pedras — um relevo muito delicado, quase imperceptível.

— Então vamos logo com isso — era preciso um grande esforço para Kólon dizer cada palavra — abram essa porcaria de uma vez.

— Desculpe decepcioná-lo, — Estus coçava a barba — mas o livro não diz a ordem correta ou como devemos ativar as runas.

— Maldição! — o guerreiro socou a parede.

— Não se preocupe — Estus ajoelhou-se perto de uma pedra. — Li um pouco sobre a vida de Tinebrae — o mago falava animado — e tenho alguns palpites.

Buscou por seu cachimbo e com uma lasca de carvalho soltou o fumo que estava queimado no fornilho, jogou as cinzas no ar. No início, uma grande nuvem de formou, mas a cada instante as cinzas foram se aglomerando e caindo sobre as pedras. Formavam finos traços, como desenhos feitos por uma pena e tinta na superfície de sete pedras.

— Veja só, na primeira tentativa — sorriu o mago.

Todas as runas eram formadas por traços e setas, dos mais variados formatos, pareciam seguir uma lógica, os desenhos eram coerentes entre si. Mas para quem não conhecia o raciocínio, ficava impossível saber o que significavam.

— Certo, e agora o que fazemos? — Ligen olhava firmemente para os estranhos desenhos nas pedras.

— Isso que eu chamo de coincidência — os Basiliscos se contiveram para explicar que coincidências não existem. Com passos curtos, Otsi se aproximou. — Creio que posso ajudar, são das arqueiras de Cimor. Somente as treinadas nos campos de Lisaex, as melhores, podem compreender o que elas dizem. Apesar de eu ser de Corteses, minha avó era de Cimor e me contou tudo sobre seu treinamento, foi por causa dela que me tornei arqueira.

Otsi se lembrou das histórias de sua avó, sentada no quintal da casa passava tardes inteiras a ouvindo falar de suas aventuras.

Quando uma criança nasce, os anciãos da cidade examinam as pequenas mãos para procurar a marca da arqueira. Somente eles sabem reconhecer tal sinal e, uma vez que a criança carrega a marca, será treinada desde sua mais tenra idade até a maioridade, para se tornar uma arqueira de Cimor. O rito de passagem para se tornar uma arqueira independente é uma viagem pelos campos do reino de Liseax, uma jornada longa e dura que somente algumas escolhidas podem realizar. Se a arqueira completa o percurso plenamente poderá ser uma arqueira livre, não juramentada. Caso contrário deverá servir a cidade de Cimor ou o reino de Liseax como soldada.

— Como você sabia? — Varr olhava para Estus.

— Não sabia, — não era possível ler em sua voz se brincava ou dizia a verdade — mas talvez, às vezes, somente às vezes, coincidências existam.

— Não fazem sentido — a arqueira inclinou a cabeça, como se tentando ver os símbolos de um ângulo diferente fosse ajudar.

— Consegue compreender algo? — Wahori olhava por sobre o ombro de Ligen.

— São somente palavras soltas, não consigo ordená-las em uma frase coerente. Talvez eu esteja esquecendo alguma coisa.

Um estrondo ecoou pelo corredor seguido por pesados passos.

— Creio que nosso amigo de pedra se soltou — Ligen buscava por suas adagas — Não temos muito tempo.

— Quais são elas? — Estus já tinham em suas mãos a lasca de carvalho, provavelmente para acender seu cachimbo.

— Um escudo, uma torre, Breasal, o símbolo da magia, um rei, um olho e um homem curvado.

O mago pensou por um instante, coçou a barba e estalou os dedos. A ponta de lasca de carvalho ardia.

— Eu juro — Estus tocou a lasca de carvalho acesa na runa do homem curvado que brilhou em chamas esverdeadas — vigiar Breasal — acendeu as runas do olho e de Breasal — para que a magia seja respeitada — o símbolo da magia estava em chamas — e todos saibam de seu poder. Que ninguém desrespeite as ordens e a soberania — tocou a runa do rei — das Torres de Magia — a torre ardia em fogo verde — pois elas são as guardiãs da sabedoria e da magia — Estus deu de ombros. — É o juramento feito no instante que alguém assume o posto de Mago de Torre. Achei que Tinabrae gostaria de lembrar seus companheiros por que são Magos de Torre caso um deles passasse por aqui.

As chamas foram crescendo até tornarem-se uma enorme fogueira que ocupava toda a extensão do corredor. O fogo verde ardia com ferocidade, iluminando os rostos dos surpresos aventureiros.

Os passos ritmados do monstro de pedra estavam mais próximos.

De repente um vazio começou a se formar no interior das chamas, do outro lado podiam ver uma sala. Estantes de livros, um tapete marrom e duas poltronas.

— A passagem, vamos logo! — gritou Estus e pulou no meio do fogo.

Apenas Otsi hesitou, a arqueira pensou por um instante, mas quando o enorme contorno do gigante de pedra surgiu no corredor, pulou entre as chamas.

A lareira no amplo escritório estava apagada e logo que saíram perceberam que era feita com a mesma pedra do corredor. As paredes eram cobertas por estantes repletas de tomos e pergaminhos, uma mesa oval e duas cadeiras estavam sobre um tapete peludo marrom e perto da lareira duas poltronas de tecido verde. Wahori derrubou a pequena mesa que costumava ficar entre elas.

A lareira estava vazia e não existia nenhum indício que uma passagem pudesse existir ali. Exatamente como no gramado aos pés de Fafsolt.

— Não existem dúvidas, estamos no interior da Torre Verde — Estus carregava uma tremenda satisfação em sua voz — já estive neste cômodo antes.

— A primeira etapa foi vencida, mas ainda não completamos a missão — Varr não estava tão contente quanto o mago.

— Na verdade — o gnomo passava o indicador sobre seu amuleto, um cadeado — o que me preocupa é depois que tivermos posse dos olhos de serpente. Sairmos daqui inteiros.

— Vamos parar com o bate-papo e seguir de uma vez — Kólon falava com grande dificuldade.

Seguindo as orientações do livro não encontraram problemas para chegar a um grande salão. As paredes eram tão altas que não se podia ver o fim, o teto não existia. E cortando o ar em alta velocidade estavam inúmeras plataformas. Voavam em todas as direções, para cima e para baixo, em linhas retas e diagonais, eram feitas de tábuas finas e davam a impressão de que não aguentariam o peso de um passageiro. Contudo, todos já tinham viajado sobre elas para saber que eram resistentes.

— Não que minha confiança em você tenha enfraquecido, — Krule olhava para o alto — mas como vamos subir em uma destas e mais importante como saberemos onde o Verde guarda os olhos?

— Ora, meu caro, tenho tudo aqui no livro e nosso destino não poderia ser mais óbvio — Estus sorria. — Conhecendo Trebl, e sabendo que lidamos com um Mago, garanto que ele gosta de ter sua maior conquista bem perto, sua vaidade não permite que fique longe de seu tesouro.

Estus bateu três vezes seu cajado no chão e pronunciou um comando em algum idioma arcaico. Prontamente uma plataforma flutuava diante do mago que com uma das mãos estendida convidava os companheiros a embarcarem. Mais três batidas com o cajado e um novo comando na mesma língua antiga.

A plataforma começou a ganhar altitude e velocidade, o vento rugindo em seus ouvidos, porém não sentiam o menor desequilíbrio. A madeira sobre seus pés parecia estar imóvel.

— Seguiremos para o quarto de Trebl — Estus virou-se para os amigos — aproveitem o breve passeio.

Por várias vezes tiveram a impressão de que outra plataforma os acertaria, porém no último instante ela desviava e uma passagem se abria. Não era possível precisar em qual direção o quarto estava, mas sem dúvida era no alto da Torre. Sem a menor indicação a plataforma parou e flutuava placidamente em uma pequena sacada de madeira.

Os companheiros desceram e a plataforma sumiu em alta velocidade. À sua frente uma porta, feita do mesmo material translúcido que compunha a Torre Verde. Um trinco de ouro estava colocado do lado esquerdo.

— Como abrimos esta? — Ligen examinava a porta.

— Depois de tudo que passamos, creio que basta girarmos o trinco — o mago segurou a bola de ouro com seus dedos e a rodou.

A porta abriu.

O interior revelava um cômodo simples, cama, uma pequena mesa com pergaminhos, penas e tinta e um armário decorado com traços de prata. O que realmente impressionava era a janela, seguia do chão ao teto e o alcance da visão parecia seguir por uma distância incrível. Alguém poderia dizer que era possível ver até os confins de Breasal.

E diante da janela estava um pequeno pedestal de prata, o pé eram duas colunas que se contorciam em uma única peça, uma pequena bandeja de cristal e uma cúpula de vidro. No interior descansavam os olhos de serpente, duas pedras do tamanho do punho de um humano, lisas e arredondadas. A luz do sol passava por elas e refletia um facho esverdeado que seguia até a parede. Como se dois fios de esmeralda estivessem esticados através do quarto.

Estus aproximou-se do pedestal, não hesitou por nenhum instante e, se não fosse pela intervenção de Ligen, teria levantado a cúpula com um único movimento.

— Seria prudente se deixasse-me passar os olhos antes — o gnomo segurava o pulso do mago.

Do interior do seu casaco, Ligen retirou um pequeno estojo de couro, abriu e escolheu uma pequena ferramenta de metal longa e com um gancho na ponta.

— O reflexo da luz no cristal dificulta um pouco a visualização — com cautela ele aproximou a ferramenta do pedestal — porém é possível ver que existem diminutos dardos de cristal ao redor da bandeja, um mecanismo ligado à cúpula os arremessaria contra quem tentasse pegar as pedras. O mecanismo não é muito complicado e não é um verdadeiro desafio, mas creio que o Verde contava com a confiança de quem chegou até aqui. E quando falamos em armadilhas, a confiança é sempre um dos mecanismos mais perigosos.

A delgada haste de ferro entrou no pedestal, segurando a ferramenta entre os dedos o gnomo girou gentilmente, primeiro para um lado e depois para o outro. E então ouviu-se um pequeno estalo.

— Pronto, é todo seu — Ligen afastou-se com alegria.

Os aventureiros estavam reunidos ao redor das pedras, olhavam ansiosos para Estus, mas também viravam as cabeças para os lados, procurando por um inimigo que até aquele momento não tinha aparecido.

A redoma de vidro saiu sem nenhum problema e Estus segurava os olhos de serpente em suas mãos. Contemplou as pedras arredondas por um instante, por vezes surpreendia-se como tão pequenos objetos eram capazes de causar tantas coisas. Colocar vidas em risco, mover a vontade de pessoas e fazer com que as rodas do destino girassem, o mundo seguisse adiante. Bom, sempre foi assim e não existia possibilidade de isto mudar. Colocou as pedras no bolso e caminhou para a porta.

— Vamos mesmo sair pela porta da frente? — Varr estava tenso.

— Sim — Estus estava radiante de alegria. — Neste momento Trebl deve estar ardendo no calor de Tatekoplan.

— Como podemos ter certeza? — Ligen seguia a frente.

— Às vezes nos esquecemos de quem somos — o cajado batendo com espaços regulares no chão — esquecemos que muitos olhos estão sobre nós, seguindo nossos passos e atentos ao que fazemos. Quando deixamos pistas claras de que estaríamos viajando para Tatekoplan, Trebl ouviu não de um, mas de muitas bocas sobre nossa jornada — o mago parou e sorriu quando chegaram ao enorme vazio central da Torre — e o gnomo sabe que lá existem olhos de serpentes.

— Porém a primeira tarefa dos Magos não seria somente observar? — Otsi inclinava-se na beirada e admirava a longa queda até o chão.

— Mais um motivo para termos certeza de que Trebl foi até o deserto para se certificar de que não tenhamos sucesso em conseguir as pedras que estão na caverna — o vento batia no rosto do mago.

— Se não tivemos problemas até agora — Varr tentava sorrir — creio que nosso pequeno engodo funcionou. Mas até sairmos daqui, toda cautela será insuficiente.

A plataforma flutuava com velocidade, seguindo seu caminho para baixo sem dificuldades. Todos, exceto Estus, procuravam sem descanso a porta da Torre. Só queriam sair e ficar o mais longe possível do Mago Verde. Apesar da segurança de Estus, os aventureiros tinham certeza de que o Verde iria buscar vingança pelo roubo. À medida que desciam puderam perceber a luz do sol entrando na base da Torre. A porta estava aberta. Logo estaria terminado.

Um forte impacto fez a plataforma tremer pela primeira vez. Do lado esquerdo pedaços de gelo avermelhado escorregavam para o vazio.

— Não pode ser — murmurou Estus.

Três machados de gelo cortaram o ar em direção aos aventureiros, todos buscaram proteção, somente Estus ficou parado, os olhos arregalados, admirando o voo das armas avermelhadas. O último deles acertou o mago no ombro direito, imediatamente suas vestes ficaram manchadas de sangue.

Apesar de um grande número de magias existir, com o passar dos anos, aperfeiçoando e estudando, o mago acaba dando sua própria assinatura. Estus conhecia infinitas assinaturas e quando viu os machados de gelo avermelhado não teve dúvidas do autor.

— É um goryc — Otsi cobria os olhos de um Sol inexistente apenas por reflexo.

— É Watak — dizer o nome de seu amigo causou mais dor em Estus do que o ferimento em seu ombro.

As plataformas pareciam desgovernadas e muitas tentavam acertar a que eles usavam. Giravam e rodopiavam, desestabilizando a madeira sobre os pés dos aventureiros e criando rajadas de vento.

Outros três machados de gelo acertaram a plataforma e a madeira começou a se estilhaçar. Os Basiliscos olhavam em silêncio para Estus, esperando pela reação do mago. Mas ele nada fazia. Otsi encaixou uma de suas flechas, puxou a corda e soltou. O projétil com suas penas rajadas de amarelo fez um voo perfeito, vencendo obstáculos e o vento para acertar o inimigo no ombro.

Watak pareceu não dar a mínima importância para a flecha alojada em sua carne. Gesticulava sem aparente dificuldade e mais três machados saíram de suas mãos. O gelo avermelhado se espalhou pela plataforma e um pedaço se partiu e caiu. Não demoraria muito para tudo se quebrar.

— Como é possível? — a arqueira seguia protegendo os olhos — Esperem! Tem algo estranho. O rosto do goryc está diferente. A pele azulada e os olhos, bom deus, estão amarelados.

— Não é possível! — Wahori tentava enxergar, mas Watak estava muito longe.

— Ele usou o veneno! — Varr tentava se segurar em algo, o vento era forte — O Verde usou o veneno!

— O que podemos fazer? — Krule sentia a madeira fraquejar sob seus pés.

— Só existe uma solução — o tom de voz de Estus era calmo — matar Watak.

Os três machados estavam para atingir a plataforma quando dos dedos de Estus saíram lanças de fogo. O gelo avermelhado explodiu no ar. Estus ajoelhou-se, segurava seu cajado firmemente e murmurava algo. Ele bateu o cajado três vezes na plataforma e entregou o embrulho com os olhos de serpente para Varr.

— Fiquem tranquilos — caminhava para a borda — ela levará vocês em segurança.

— Estus! — Otsi tentou segurar o braço do mago enquanto ele saltava para o vazio.

— Deixe-o — Kólon se arrastava para o centro da plataforma, ainda tinha as mãos sobre o ferimento — Watak era amigo de Estus. Ele deve resolver isso sozinho.

O voo estava mais estabilizado, a descida era suave, em outra plataforma puderam ver Estus seguindo em direção ao topo. Para encontrar a criatura que um dia fora um grande amigo seu.

O barulho de estrondos e rápidos clarões, indicavam que uma batalha de magia acontecia no topo da Torre. Porém ninguém olhava para cima, todos concentravam-se na porta. Sabiam o quanto seria difícil para Estus terminar sua missão e queriam sair dali o mais rápido possível.

A plataforma passou pela abertura e pousou na grama. Estavam fora. Vivos e com as pedras. Porém, no semblante de todos era como se tivessem falhado.

— Ainda não acredito que ele usou o veneno — Ligen sentava-se no chão.

— Teremos tempos difíceis pela frente — Varr também se acomodava — quando a bondade abandona o coração de um Mago de Torre, o horizonte nos anuncia uma tempestade.

Ficaram em silêncio, tentando escutar algo, uma pista do que se passava no interior. Mas o vento nada trazia consigo.

Estus saiu pela porta, tinha um novo ferimento nas costelas e o rosto estava cortado. Caminhava com dificuldade e era como se a alegria, sempre presente, tivesse abandonado para sempre seu espírito.

— Está feito — disse em um tom único.

Com passos claudicantes e sentindo grande dor, passou pelos companheiros que nada disseram, apenas o seguiram.

A plataforma flutuava, o vento era brando e jogava a poeira de suas vestimentas para longe. A areia de Tatekoplan. À sua frente estava o corpo de Watak, desfigurado pelo veneno e pelos ferimentos causados por Estus.

Admirava a carne do goryc se desfazendo, sendo consumida pelo veneno. Nenhum sentimento reverberava em seu espírito ou coração. O que estava morto à sua frente era só um joguete, um artifício, e não um ser que um dia tivera vida. Tudo que o Verde conseguia pensar era se fora Estus quem matara o mago. Desejava que assim fosse. Não restava nem um traço de bondade no coração do Mago Verde.

A porta de seu quarto estava aberta, o gnomo entrou com passos cansados. Sabia que não encontraria nada sob a redoma de cristal, porém insistia em ver com os próprios olhos. Tudo pareceria em ordem se não fosse pela falta dos feixes esmeralda cortando o cômodo. O Verde pousou a mão sobre a redoma, sentiu o frio do cristal na palma da mão e olhou para o vazio do seu interior.

Tentava afastar os pensamentos de sua mente, mas uma ponta de admiração pelos Basiliscos começava florescer. Como tinham realizado tal proeza? Sabia que era a primeira vez que uma Torre era roubada, estava ciente da vergonha que aquilo era. A única forma de repudiar aquela descabida admiração era descobrindo como Estus e sua trupe entraram lá.

Deixou o quarto e foi até seu escritório, precisava refletir. Se sentou em uma das poltronas. Brincava com um glóbulo de marfim entre seus dedos, passando de um para o outro. Não poderiam ter usado nenhuma passagem na Torre, porta, janela, qualquer coisa, ele saberia no mesmo instante. Como os malditos entraram então?

O glóbulo parou de se mexer. O gnomo deixou a poltrona e ajoelhou-se diante da lareira. Respingos de sangue. Tocou o líquido vermelho, sangue humano.

— Não pode ser — o gnomo pegou a glóbulo em sua mão. — A passagem de Tinebrae.

O marfim se espatifou contra a parede.

A varanda da igreja de Artanos perto da cidade de Duca tinha uma bela vista da floresta Tempestuosa. Sentados em confortáveis cadeiras de madeira, os Basiliscos e a arqueira Otsi se recuperavam da invasão da Torre. Se não fosse pelo grande conhecimento dos padres de Artanos na arte da cura, Kólon, Estus e Wahori teriam perecido dos ferimentos, mas agora estavam fora de risco. Ainda seria necessário um longo repouso para estarem totalmente recuperados, mas sairiam todos vivos.

Uma grande chaleira pousava sobre a mesa e xícaras de porcelana, cestos de pães e algumas frutas completavam a refeição.

— Como podemos ter certeza de que o Verde não virá atrás de vingança? — era a terceira vez que Otsi fazia aquela pergunta nos últimos dias.

Varr sorriu, servia-se de chá.

— Otsi, minha amiga, como lhe disse antes, Trebl buscará sua vingança, mas não será contra você — bebericou o chá. — O gnomo estará ocupado conosco e garanto que não nos entregaremos facilmente.

Mesmo sendo com xícaras de chá, os Basiliscos brindaram. Todos menos Estus. Desde a Torre, o mago permanecia afastado, taciturno e calado. Os padres diziam que os ferimentos eram profundos e estavam fora de suas habilidades.

— Sempre me falaram para nunca cruzar meu destino com os Basiliscos — a arqueira sorria — tal coisa seria uma loucura. Acho que foi um bom conselho.

— A vida é curta demais para não se tomar riscos — Kólon tomou todo o chá em um gole — curta demais também para ficarmos bebendo chá ao invés de cerveja ou vinho.

— São recomendações dos padres — as palavras de Varr eram sérias — é para o nosso bem.

— De qualquer forma — Wahori virou-se para Otsi — o que o Verde deseja são os olhos de serpente. Basta entregarmos as pedras para o Mago que nossa vida estará fora de perigo.

— Vocês entregariam? — a arqueira alisava as penas verdes rajadas de amarelo de uma de suas flechas.

— Jamais — Wahori desta vez não sorria.

— De qualquer forma não ficaremos com as pedras — Ligen comeu um pedaço de pão.

Não foi preciso Otsi fazer a pergunta, o espanto em seu rosto era suficiente.

— Elas nunca nos pertenceram — Wahori levantou-se e caminhou até a beirada da varanda — foram roubadas de um lugar sagrado, um lugar de onde jamais deveriam ter saído.

— Compreenda, Otsi — Estus se aproximou, — esta nunca foi uma disputa por poder ou porque eu gostaria de estar na Torre Verde e ser um Mago. Tentávamos fazer o certo, Trebl não foi correto para conseguir seu posto de Mago. Roubou, trapaceou e quase matou Wahori.

— Lembremos que nosso amigo goryc antes fez uma bela cicatriz no rosto do gnomo — interrompeu Kólon em tom de galhofa.

— Watak perdeu sua vida, isto não é um capricho ou uma diversão — Estus acendeu a lasca de carvalho e logo o aroma de fumo queimado tomava o ar. — Seja como for, nunca quisemos o poder para nós. Este é o ponto, assim como não queríamos os olhos de serpente. Pelo menos não dessa maneira.

— Apenas fizemos o que sempre fazemos — resumiu Krule.

Novamente os companheiros brindaram e dessa vez convidaram Otsi para participar. Poderia parecer um gesto pequeno, mas significava que a arqueira era uma companheira de aventuras dos Basiliscos e isso era algo grande.

A sala tinha uma mesa com seis cadeiras, uma estante com livros, uma lareira e duas poltronas. Sobre a mesa estava uma jarra de água e quatro copos. Um goryc e um norethang estavam em pé, solenemente olhavam para os guerreiros à sua frente.

Um goryc e um norethang estavam ajoelhados diante dos Guardiões dos Espólios. Ofereciam aos Nazatus duas pedras redondas e lisas do tamanho do punho de um homem. Os olhos de serpente.

— Jamais poderemos apagar nossa falha — Wahori olhava para o chão.

O goryc foi interrompido por Durren que colocou a mão em seu ombro.

— Levantam-se, guerreiros — o Nazatul sorria. — Vocês dois fizeram tudo que estava em suas mãos para evitar o roubo, e aqui estão devolvendo o que pertence a esta casa.

— Não poderíamos pedir mais de vocês — completou Namtu — serviram esta casa com a maior das honras e como nenhum outro jamais serviu.

— Não posso reivindicar tal honra — Thueb permanecia de joelhos. — Foi Wahori quem recuperou as pedras. Estou aqui somente porque ele é generoso.

— Só estou retribuindo — Wahori ajudou Thueb a ficar de pé, — você salvou a minha vida. Somos uma dupla, fomos convocados para defender a História de nossos povos e juntos estamos aqui, ao final de nossa missão.

— Quando ouvimos o rumor de que os olhos de serpente tinham sido roubados da Torre Verde, suspeitamos que os Basiliscos estavam por trás.

— De fato, somente vocês poderiam realizar tal proeza — Durren completou as palavras de Namtu.

— A fama dos Basiliscos não é por sorte ou acaso, eles ganharam e merecem cada palavra que é dita sobre eles — Thueb fez uma saudação a Wahori.

As pedras foram passadas aos Nazatul que fizeram uma grande reverência aos guerreiros. Os olhos de serpente voltavam ao seu lugar. O lugar de onde nunca deveriam ter saído.

Este livro foi produzido no Laboratório Gráfico
Arte & Letra, com impressão em risografia
e encadernação manual.